50대, 이제
나답게
산다

내 인생의 주인공으로 사는 법

50대, 이제
나답게
산다

장이지 지음

매일경제신문사

인생을 산다는 것 자체가 참 신비로운 경험이라는 생각이 든다. 나이가 들어가는 것 또한 그렇다. 나도 어린아이였고, 학생이었다. 친구들이 한 두 명씩 결혼을 하고 아이를 낳아 부모가 되는 게 신기했다. 그런데 이제 는 자녀들이 결혼을 하고 그 자녀가 아이를 낳는 시기를 살고 있으니 모 든 게 신기할 따름이다. 당연히 누구나 겪는 인생 여정이라고 해도 개별 적인 주체인 내가 겪는 것은 오롯이 나만의 경험이니 그렇게 느껴진다.

정신없이 지나가는 시간 속에서 정신을 차리려고 항상 신경을 곤두 세우고 살았다. 그러나 진짜 정신을 차리고 고개를 들어보니 어느덧 50 대가 되어 있었다. 30대에는 40대라는 나이가 믿기지 않았고, 40대에 는 50대가 되면 모든 인생이 끝나는 것이라 생각하며 살았다. 그러나 정작 50대가 되고 보니, 진짜 내가, 세상이 보이기 시작했다. 어쩌면 진 짜 나의 인생은 이제부터라는 생각도 들었다.

살면서 힘들 때마다 떠오르는 생각이 있었다. 우리를 이 세상에 보낸 신이라는 존재가 있다면, 세상에 태어나 힘들게 고생만 하라고 우리를 세상에 보내지는 않았을 거라는 생각이다. 그것을 못 찾고 힘들게만 삶 을 사는 것은 '어쩌면 우리가 뭔가를 못 찾아서'일지도 모른다는 생각이 들기도 했다.

한동안 원고 쓰기에 집중하면서 두문불출했던 까닭에 주변 지인들은 내가 무엇을 하는지 많이 궁금해했다. 한번은 지인이 "이지야! 요즘 뭐 하느라고 그렇게 바쁘니?"라고 물어오셨다. 나는 "재미있게 살 궁리하고 있어요!"라고 대답했다. 사실이다. 나는 재미있고 신나고 즐겁게 살고 싶다. 그래서인지 원고를 쓰는 내내 즐겁고 행복했다. 추운 겨울에 나시티만 입고 있어도 춥지 않을 열정이 나에게 있다는 게 놀랍기도 했다. 원고를 쓰다가 어느 부분에서는 울기도 했고, 혼자 웃기도 했다. 이렇게 오롯이 내가 하고 싶은 일에 집중할 수 있는 시간이나 여유가 생긴 것 또한 나이가 주는 혜택같이 느껴진다.

우리는 너 나 할 것 없이 참 빡빡하게 산다는 생각을 많이 했다. 작은 나라여서인지 경쟁도 치열했다. 나 또한 치열한 시대를 빡빡하게 보냈다. 나다운 게 뭔지도 모른 채 늘 나답지 않다는 생각에 답답했다. 가면을 쓰고 사는 것처럼 느껴지기도 했다. 나이가 50살이 넘고, 일하는 현역에서 한 발짝 물러나 바라본 세상도 여전히 치열하고 힘들어 보였다. 동시대를 살아가는 중년이나 인생 후배들에게 해주고 싶은 말들이 있었다. 그래서 언젠가는 꼭 책을 써야겠다고 생각했다. 힘든 게 인생의 전부는 아니라고, 살면 살수록 더 살 만해진다는 말을 하고 싶었다. 50대, 나이가 들어도 더 잘 살 수 있다는 것, 진짜 나답게 살 수 있는 시간이 있다고 말해주고 싶었다.

그러나 책을 쓰면서 오히려 나를 알아가는 과정이 되었다. 나의 영혼에 쌓여 있던 먼지를 털어내는 기분이었다. 책을 쓰면서 그동안 힘들고 아팠던 내가 치유되는 과정처럼 느껴졌다. 어쩌면 이 책을 읽는 독자라면 나와 같은 경험을 간접적으로나마 할 수도 있겠다는 생각이 든다.

나는 예전부터 점집이나 철학관 같은 곳에 가는 것을 별로 좋아하지 않았다. 궁금한 게 없기도 했지만 별 볼 일 없고 평범하기 그지없는 나의 인생을 물어보는 게 예의가 아닌 것처럼 느껴져서였다. 별로 특별한 것도 없는데 물어보는 게 고문하는 것처럼 느껴질 것 같았다. 사실이다. 평범하게나마 잘 살아보려고 안간힘을 쓰며 살았다. 그렇게 이제는 평범한 50대 중년의 여자가 되었다. 그러나 그런 것은 중요하지 않다. 왜냐하면 나는 이제 정말 나답게 꿈을 꾸고, 내 인생을 주도적으로 살기로 했기 때문이다. 꿈이 없다면 젊음도 젊음이 아니듯, 꿈이 있다면 늙음도 늙음이 아닐 것이다.

사람은 누구나 힘들고 외로운 존재라 생각한다. 그러나 그럼에도 불구하고 즐겁고 재미있게 살 궁리를 해야 하는 게 아닌가 생각한다. 우리가 두려워해야 할 것은 '고통스러운 죽음'이 아니라 이 세상에 온 소명을 찾지 못하고 가는 것일지도 모른다. 그것이 무엇인지는 자신만이 찾아야 하는 숙제일 것이다. 또한 찾으려고 한다면 우연한 기회라도 어렵지 않게 찾을 수 있을 거라 확신한다.

이 책이 그런 숙제를 할 때, 작은 힌트나 실마리가 되길 희망해본다.

아니, 그냥 '이렇게 사는 사람도 있구나' 하는 간접경험이 되어도 좋다. 아니면 어느 부분에서는 '맞아!'라며 공감할 수 있는 부분이 있으면 더 좋겠다는 생각도 가져본다. 그래서 이 책의 독자분들과 많이 소통할 수 있길 소망해본다. 어쩌면 열정의 느낌을 잠시 잊고 사는 중년의 우리가 다시 한번 열정이라는 말을 생각해보는 계기가 되었으면 좋겠다.

어려서부터 우리는 '책 속에 길이 있다'라는 명언을 들어오지 않았던가! 나도 어쩌면 책 속에서 길을 찾은 것이나 다름없다. 우연히 읽게 된 책을 통해 '한국책쓰기강사양성협회' 김태광 대표님을 스승으로 만나게 된 것이니, 가히 그 명언이 맞다고 할 수 있다. 이 책이 빛의 속도로 세상에 나올 수 있도록 사명감으로 도와주신 김태광 대표님께 깊은 감사의 말씀을 전한다.

부족한 며느리, 아내를 늘 지지해주시는 어머니와 남편 윤우 씨, 언제나 내 편이 되어주는 인생 친구들, '혹시 나?'라고 생각한다면 맞다. 그런 인생 친구들과 소울메이트라고 생각한 나의 오랜 친구에게도 감사와 사랑을 전한다.

마지막으로 이 책의 독자분들께 진심으로 감사와 사랑을 전한다.
50대, 아니 여자라면 누구나 한 번쯤 읽어볼 만한 책이라고 감히 말씀드린다.

장이지

목차

1장

그 사람은 왜 또래보다
늙지 않을까

내 안에 잠들어 있던
나를 깨워라

'무엇이 나의 삶을 의미 있게 하는가?'

'내가 살아야 할 삶은 이게 다일까?'

'이렇게만 살면 나는 과연 잘 산 것인가?'

어느 날 문득 이런 질문들이 내 안의 나에게 쏟아졌다.

29살에 결혼을 하고 정신없이 30~40대를 보냈다. 경쟁의 소용돌이 속에서 성과를 내기 위해 치열하게 노력하고 버티며 살아왔다. 언제나 문제투성이의 삶을 해결하기에 급급했다. 고심하며 안절부절못하고 조마조마하면서 살아왔다. 51살에 모든 일을 접을 때는 몸도, 마음도 너덜너덜해진 상태였다. 말 그대로 '번아웃' 그 자체였다. 그렇게 한 발짝도 내딛지 못할 정도로 힘든 상태에서 나의 젊음과 나를 살게 했던 일과 엔딩했다.

나는 물에서 노는 것을 워낙 좋아했다. 어느 날, 남편이 체력을 좀 키우라며 나에게 수영을 배우라고 권유했다. 몸 쓰는 것을 잘하지 못할뿐더러 운동에는 워낙 소질이 없었다. 그래서 수영은 죽어도 못할 줄 알았다. 그런데 시간과 실력의 차이는 있을지언정 강습을 받으니 수영도 할 수 있게 되었다. 잘하지 못해도 모든 영법을 배웠다. 그중에서 어떤 영법이 나에게 맞는지도 알게 되었다. 똑같이 수영을 배워도 사람마다 잘하는 것이 다 다르다. 나는 느리지만 힘을 빼면 한 번에 쭉 나가는 평형을 할 때 몸과 마음이 합체가 되는 것을 느꼈다. 나에게 맞게 속도를 내며 여유롭게 즐기기도 했다. 말 그대로 즐길 수 있는 운동이 생겼다.

수영이 끝나면 같은 반 수영팀끼리 종종 티타임이나 브런치 시간을 갖기도 했다. 수영하러 다니며 나는 일과 관련되지 않은 동네 친구들을 처음으로 만났다. 내 눈에 비친 그 친구들의 모습은 말 그대로 '상팔자' 같았다. 아이들은 자기의 몫을 다하며 살 정도로 잘 키운 듯했다. 남편들에게 한 달을 살기에 부족함이 없는 생활비를 받으며 가정도 탄탄해 보였다. 여가 시간에 운동하고 하고 싶은 거 하면서 큰 걱정 없이 사는 듯했다. 물론 그렇게 되기까지 일과 육아와 가정을 이끈 숨은 노력과 어려움이 있었으리라. 그러나 내가 만날 당시의 모습은 편하고 좋아 보였다. 그래서 나는 수영에서 만난 친구들과 소소하게 지내며, '상팔자'라고 지칭했다.

입시학원에서 일했던 나는 출근이 늘 오후였다. 오후에 일해야 하니 체력을 아끼기 위해 아침에도 최대한 늦게 일어났다. 늦게 시작해야 밤 늦게까지 체력을 유지할 수 있었다. 혹여 운동이라도 다니게 되면 꼭 잠 시라도 낮잠을 자고 출근했다. 그러다 몸도 마음도 힘든 날 출근할라치 면 우리 집 강아지들이 늘어지게 낮잠을 자고 있는 모습이 보여 내심 강아지들이 부럽기도 했다. '저렇게 아무것도 안 하고 잠자고 주는 밥과 간식 먹고 아무 데나 응가하고 쉬하면 다 치워주는 강아지들이야말로 상팔자구나' 하는 생각이 들기도 했다.

내가 지칭하는 '상팔자'는 부정적인 표현이 아니다. 오히려 지금까지 잘 살아온 것에 대한 당당하고 멋진 표현이다. 큰 스트레스나 걱정 없이 건강을 유지하기 위해 운동도 하고 잘 먹고 시간 내서 여행도 간다. 친 구들과 여유로운 시간을 보내고, 아이들은 생각한 대로 잘 커서 본인들 의 길을 잘 간다. 어버이날이나 부모님 생일 때면 감사의 글과 선물로 부모의 자랑거리를 만들어준다. 든든한 자기편이 되어주는 남편과 자 식들이 있음으로써 만들어진 상팔자다.

어느 날, 아는 언니가 "이지, 요즘 뭐하냐?"라며 전화가 왔다. "응, 언 니. 혼자 지내다 가끔 상팔자들 만나서 밥 먹고 수다 떨고 그래요" 했더 니 "이지 주변에는 뭔 상팔자가 그리 많노?"라고 물어왔다. 그 말을 듣 는 순간 '그러게. 내 주변에는 왜 다 상팔자들만 있지?'라는 생각이 들 었다.

이런 대화를 하면서 내 주변에는 참 상팔자가 많다는 생각을 하며 혼자 웃었다. 왜 그런가 곰곰이 생각해봤다. 그 이유는 내가 상팔자였기 때문이었다. 나는 일을 그만두면서 '이제부터 나는 상팔자로 살 거야'라고 생각했다. 더 이상 나를 힘들게 하지 않을 것이며, 힘들게 하는 모든 것을 차단하겠다고 스스로 다짐했다. 그러다 보니 나 스스로도 상팔자가 되어 있었다. 나의 생각이 지금의 내 모습을 만든 것이다.

'호랑이를 그리다 보면 호랑이는 못 그려도 고양이는 그린다'라는 말이 있다. 여기서 호랑이와 고양이는 '꿈'을 이야기하는 것이다. 호랑이는 큰 그림이고, 고양이는 작은 그림을 의미한다. 스케치를 해본 사람은 호랑이를 그리든 고양이를 그리든 똑같이 시작은 어렵고, 그리다 지우고 하는 과정이며 연필로 터치해야 하는 횟수도 크게 다르지 않다는 것을 알 것이다. 호랑이라고 더 손이 가고 고양이라고 손이 덜 가는 것이 아니다. 중요한 것은 내가 무엇인가를 그리려고 마음을 먹었다는 것이다. 연필을 잡고 스케치북 앞에 앉아서 고민하고 궁리하며 그 시작을 한다는 것이다. 그러다 보면 호랑이든 고양이든 나만의 그림이 완성된다.

20대에 학교 교정을 거닐며 미래의 내 모습을 어렴풋이 그려보곤 했다. 꿈이 있어서 작정하고 계획을 세운 것은 아니었다. 어떻게 살아야겠다는 희망조차 없이 살던 나약한 존재였다. 그런 와중에도 내 미래의 모습을 떠올리곤 했다. 미래의 내 모습은 소나타급 되는 자가용을 타고 강의를 하러 학교 교정을 유유히 운전해서 가고 있었다. 먼 미래는 생각하지도 않고 살았는데 뒤돌아보니 그때의 내 생각처럼은 아니어도 그와 비슷하게 살고 있었다. 말 그대로 호랑이는 아니었지만, 고양이처럼은 살고 있었던 것이다.

　나이가 50살이 넘으면서 마냥 놀고 즐길 수 있는 시간이 많다고 생각했다. 여기저기 크건 작건 모임이 있으면 무조건 갔다. 사는 이야기를 하며 목청껏 웃고 나면 오늘 하루도 성공적으로 잘 살았다고 생각했다. 그러다 50대 중반이 되어가는 나를 보며 초조해지기 시작했다. 시간은 무한대가 아니며 어김없이 냉정하고 철저하게 가고 있음이 느껴졌다. '더 이상 청춘은 아니고 진짜 늙어가고 있구나'라는 생각이 살아온 어느 순간보다 아프게 와닿았다. '그냥 이러고 살다 시간이 다 가겠구나'라는 생각에 다시 나에게 원초적인 질문을 해봤다. '이게 전부인가? 이렇게만 살면 죽는 순간에 정말 후회가 없을까?'

　세상에서 내가 제일 싫어하는 말이 후회라는 말이다. 무엇을 할 때와 하지 않을 때 후회라는 말을 먼저 생각하는 자동시스템이 내 안에 있다. 후회하지 않는다고 아무리 스스로를 합리화해봐도 정말 후회되는 게 어떤 것인지 나 자신은 알고 있다. 그래서 애통함이 무엇으로 남아 있는지, 그것이 마음속에 어떤 모습으로 남아 있는지 스스로를 속일 수도 없고, 합리화시킨다고 합리화되지도 않는다. 그리고 그렇게까지 합리화하며 살기에는 많은 것을 겪으며 살아왔기 때문에 그것이 아무짝에도 쓸모없는 것임을 안다.

1960년대에 태어난 나는 돈, 욕망 이런 것들을 입에 담기가 불편할 정도로 저급하게 생각하고 살았다. 그래서 월급이 많고 적음이 일을 하고 못 하는 이유가 되지 않았다. 직장에 다녀도 월급 인상을 요구하기도 힘들었다. 내가 열심히 하면, 알아서 월급도 올려주겠지 하는 기대 아닌 기대를 하며 살 정도로 돈이라는 말은 꺼내기도 힘들었다. 그러니 욕망이라는 말은 더 말할 필요가 없었다. 정말 순진하고 어리석었다.

이제 나는 욕망이라는 것이 그렇게 저급하지도, 하찮은 말도 아니라는 것을 안다. 인간의 욕망이 있었기에 지금의 모든 것이 있다. 날고자 하는 욕망이 비행기를 만들었고, 치타처럼 멋지게 달리고 싶은 욕망이 자기부상열차를 만들어냈다. 알고 보니 욕망의 다른 이름은 '꿈'이었다. 나는 나의 욕망을 보게 되었다. 진정으로 내가 바라는 것이 내 안에 남아 있다는 것을 자각한 것이다. 그리고 욕망이라는 꿈을 어떻게 하면 현실로 만들 수 있는지도 알게 되었다.

유명한 형이상학자이자 강연가인 네빌 고다드(Neville Goddard)의 《상상의 힘》 첫 장에는 이런 말이 있다.

'듣는 자가 아닌 실천하는 자가 되세요.'

이 글귀를 읽고 나는 가슴이 쿵쾅거렸다. 실천이 답이다. 그것이 꿈을 현실로 가져오는 방법인 것이다. 내 안에 있는 욕망이 자꾸 나를 건드리고 그것이 자꾸 마음의 가시처럼 거슬린다면, 일단 움직이고 행동해보는 것이다. 그래야 호랑이든 고양이든 내 안의 내가 현실로 드러난다.

곱게 늙어가는 것이, 편하게 사는 것이 삶의 목적이나 세상에 온 우리의 이유는 아닐 것이다. 곱게 늙어가고자 한다면 곱게만 늙을 것이고, 편하게 살고자 한다면 편하게만 살다가 죽을 것이다. 그러나 그냥 늙는 것이 억울하다면, 50대의 나이에 가속이 붙어서 가는 시간이 덧없이 느껴진다면, 내 안에 도사리고 있는 욕망을 더는 숨기며 누르지 말자. 수면 위에 띄워서 실체를 확인해야 한다. 사느라 바빠서 들여다볼 수조차 없었던 내 안의 나를 깨워보자.

나를 행복하게 하는 것에
집중하기

요즘 '행복 천재'와 '행복 둔재'라는 말이 있다. 어떤 부분이든 잘 발달한 사람이 있고 둔한 사람이 있으니 이런 말도 나오는 것 같다. 사람은 어떤 성향을 이야기할 때 타고나는 것이 50%이고 환경적인 부분이 40%, 의지에 의해 변하는 부분은 10%밖에 안 된다고 한다. 그러나 사람은 누구나 자유의지를 갖고 있기에 행복 천재로 변할 수 있는 확률이 10%보다 훨씬 크다고 한다. 즉, 우리의 의지에 따라 얼마든지 행복할 수 있다는 말이다. 어쨌든 나는 50대가 되기 전까지는 확실히 행복 둔재였다.

40대 중반에 나는 불안장애와 우울증 진단을 받은 적이 있다. 어느날, 학원 의자에 앉아 있는데 몸이 무너져 내렸다. 앉아서 몸을 가누지도 못하는 상태였다. 거의 움직이지도 못하는 상태에서 힘을 다해 다니던 동네 내과 병원을 가서 증세를 이야기했다. 병원에서 나의 증세가 불안장애인 거 같다며 전문 병원에 가 보라고 의뢰서를 써주었다. 다음 날, 지역에서 좀 커 보이는 신경정신과 병원에 가서 간단하게 상담하고 처방전을 받아왔다. 그러나 효과는커녕 몸을 어찌해야 할지도 모른 채 비몽사몽 헤매기만 했다. 다시 가서 처방해준 약을 먹고 일상적인 생활을 하기 힘들다고 했다. 그랬더니 이번에는 병원에 입원해야 할 거 같다며 소견서를 써주고 대학병원을 추천해주었다.

그렇게 병원에 일주일간 입원했다. 계속 링거와 안정제를 주는 것인지 주로 잠을 자며 보냈다. 혹시라도 내가 나쁜 마음을 먹을까 봐 우려되었는지 마음 상태를 확인하는 질문도 했다. 일주일을 입원해 있으면서 딱히 아픈 곳 없이 환자 아닌 환자 노릇을 하는 것 같았다. 영 마음이 불편했던 나는 퇴원을 하고 일을 시작한 이후 처음으로 한 달간의 휴가를 내고 친정에 가 있었다. 결혼한 딸이 이유도 없이 친정에 와 있는 것이 이상했던지 동네 할머니께서 무슨 일이냐고 물어보셨다. 이래저래 힘들어서 쉬러 왔다고 엄마가 답하자, 그 할머니께서 "에고, 버거운 일을 했구만, 잘 쉬면 괜찮을거야"라고 말씀하셨다. 처음 보는 할머니가 어찌 아시고 이런 말씀을 하실까 신기했다.

그렇게 한 달이 지나고 다시 학원에 출근했지만, 그런 증상들은 계속 나를 괴롭혔다. 어느 날은 어질어질하더니 급기야 천장이 빙빙 돌기 시작했다. 달팽이관에 문제가 생긴 증세인 거 같아 이비인후과를 갔더니 이석증이란다. 그래서 달팽이관 맞추는 동작을 배우고 약을 한 달 동안 먹었지만 효과가 없었다. 거의 일어나지도 못하는 상태가 되어 아산병원 응급실에 가서 뇌 CT를 찍어봤다. 그러나 병명은 그저 '돌발성 이상 증후군'이었다. 열흘 동안 처방해준 스테로이드제를 먹고 살이 금세 3kg이 넘게 찌면서 얼굴이 터질 듯이 붓기도 했다.

뇌에 문제가 있는 것도 아니고, 이석증도 아니라니 안심은 되었다. 그러나 증세는 계속해서 나를 괴롭혔다. 그제야 이것은 마음의 병이라는 것을 인지하고, 수소문해서 이 병원, 저 병원 두루두루 다녔다. 거리가 좀 있긴 했지만, 서울의 모 병원에서 집중적으로 상담을 받아보겠다고 거리와 비용에 상관없이 가기도 했다. 그러나 30분 동안 진행되는 상담은 오히려 내가 상담을 해주는 게 나을 거 같은 이야기들뿐이었다. 의사 선생님은 마음에 맺힌 알지 못하는 이야기를 들어만 주면 된다고 생각하시는 것 같았다. 남편은 안타까운 마음에 급기야 나에게 최면 치료라는 것까지 제안했지만, 나는 그냥 다시 동네 신경정신과에 다니며 졸리고 무기력해하면서도 약을 먹고 버티며 살았다. 아마도 일하면서 편찮으셨던 엄마 병간호하고, 정기검진하러 갔던 산부인과에서 시험관아기 시술을 제안받아 시도했던 것들이 쌓여 마음도 체력도 정신도 무너졌던 것 같다.

더 이상 버틸 힘이 없었다. 그렇게 나는 쉬면서 혼자 여기저기 여행을 다녔다. 혼자 여행을 다니며 세상에서 제일 좋은 게 자유라는 것을 온몸으로 깨달았다. 예전에 개봉한 〈쇼생크탈출〉이라는 영화가 생각났다.

이 세상에 무엇을 해도 되고, 안 해도 되는 자유! 나의 의지대로 시간을 쓸 수 있는 자유!

그렇게 나를 지탱해주던 일을 그만두고, 혼자 4박 5일 동안 우리나라를 돌았다. 계획을 세우고 떠난 여행이 아니었기에 오로지 고속도로만 달리고 또 달렸다. 속초에서 출발해서 경주로, 다음 날은 다시 포항으로 올라와서 남해로, 그다음 날은 남해에서 여수로 담양으로 전주를 거쳐 5일째 되는 날에 가출 같은 나 홀로 여행을 끝내고 집으로 돌아왔다. 차창 문을 열고 달리다가 울기도 많이 울었다. 지나온 날들이 파노라마가 되어 눈물범벅이 되었다. 나중에 내가 혼자 우리나라를 돌았다는 말을 들은 사람들은 잘 믿지 않았다. 아는 친구들은 본인들의 로망이라며 나의 용기에 손뼉을 쳐주기도 했다.

나는 남편을 만나 결혼하기 전까지는 굉장히 우울한 시기를 보냈다. 나만의 가족을 만들고 직장에 다니며 어느 정도 경제적인 자립을 하고부터는 좀 안정이 되었다. 그래도 행복이라는 것은 생각해보지도 않았다. 밥은 먹는다기보다 마신다는 표현이 맞을 정도로 늘 바빴다. 주말에 가족들과 야외로 나가거나 휴가 때 어디라도 가면 '좀 숨이 쉬어진다' 또는 '좀 살 거 같다'라는 생각이 들었다.

지금까지 내가 기억하는 최고의 행복했던 순간은 시댁 식구들과 함께 아버지 돌아가시고 혼자가 되신 엄마까지 모시고 갔던 발리 여행이었다. 사랑하는 가족과 내가 최고로 사랑하는 엄마까지 함께 가는 여행이 어찌나 행복하던지 비행기 안에서 '이대로 비행기가 추락해서 죽어도 여한이 없겠다'라는 생각마저 들었다. 아침에 엄마와 리조트의 산책길을 걸으며 느꼈던 따뜻하고 훈훈한 바람, 평화롭게 펼쳐진 잔잔한 바다, 엄마의 따뜻한 손, 이보다 더 행복할 수는 없을 것만 같았다. 내 생애 최고의 선물 같았고 열심히 산 것에 대한 큰 보상 같았다.

하지만 그렇게 행복한 시간을 보내고 돌아오니 그보다 더 혹독한 삶의 현장이 기다리고 있었다. 그렇다고 본업을 때려치울 만큼 경제적 여유는 없었다. 경제적 여유가 없으니 자연히 시간의 자유도 없었다. 일을 안 하는 백수로 사는 것은 스스로 용납이 안 되기도 했다. 어쨌거나 내가 오너는 아니었지만 성과를 내서 인정받고 존경받는 사람이 되고 싶었다. 그러다 보니 그 우울과 불안증세가 장애처럼 나를 끝없이 따라붙고 있었다.

병원에 가서 고쳐지는 병이면 좋은데 병원에 간다고 다 해결되지 않는 질병들이 현대사회에 굉장히 많다. 약은 거의 안정제라 졸음과 싸워야 했다. 그러다 보면 무기력에 빠지고 몸은 땅속 지하 30층으로 내려앉는 거 같았다. 어떤 날은 잠들면서 내일 아침에는 이대로 영원히 깨어나지 않았으면 좋겠다는 생각도 들었다. 그러고 아침에 깨면 알 수 없는 공허감에 아침부터 목을 놓아 울기도 했다. 그러면 옆에서 지켜보시던 어머니와 남편은 안타까워 어쩔 줄 몰라 했다.

그렇게 힘들게 지내다가 나는 생각을 바꿔보기로 했다. 어차피 내 인생에 사라지지 않을 우울과 불안이면, 달래가며 잘 지내야겠다는 생각이 들었다. 아침에 일어나서 컨디션이 별로면 화장실로 가서 거울을 보며 일단 미소를 크게 짓다가 웃어본다. 그리고 거울 속 나에게 말을 건다. '잘했어. 오늘도 나는 그냥 행복할 거야. 어떤 상황에서도 나의 기분과 감정은 무조건 행복한 것으로 선택할 거야'라고 선언했다. 감정이 다운되면 일부러 개그 프로그램을 보고, 유튜브에서 웃긴 영상을 봤다. 옷도 될 수 있는 대로 밝은색을 입으려 했고, 카카오톡 메시지에서도 활짝 웃는 이모티콘만 사용했다. 그렇게 차차 나는 순간순간 나를 행복하게 하는 것이 무엇인지, 내가 좋아하는 것이 어떤 것인지 알아가게 되었다.

그러다 보니 나는 어느덧 행복 둔재에서 행복 천재가 되어가고 있었다. 앉아 있다가 어느 순간 바람만 살짝 불어도 행복해졌다. 거기에 향기로운 커피 향이 더해지면 행복의 끝판왕이다. 어떤 날은 바람이 강하게 불어 까만 봉지가 까마귀 떼처럼 날아다니는 것을 보다가 웃었다. 늦가을 스산한 바람에 낙엽이 뒹구는 것만 봐도 웃기고 좋았다. 해가 쨍쨍 나면 화창함에 행복했고, 흐린 날이면 운치 있고 차분해져서 행복했다. 비가 오면 비를 보며 행복했고, 그 소리를 들으며 빗속을 걸으니 행복했다. 추우면 겨울의 쨍함에 기뻤고, 따뜻한 느낌을 알게 되어 행복했다. 원래 안개 낀 날을 좋아하는 나는 안개 낀 아침이면 설레기까지 했다. 그러면서 나는 행복할 줄 아는 행복 천재가 되었다.

비슷한 것은 비슷한 것을 끌어당기는 힘이 있다. 더구나 우울 같은 부정적인 감정은 강하고 센 놈이라 여지를 주면 여지없이 우리를 공격한다. 그러기 전에 우리의 감정과 기분 상태를 행복에 주파수를 맞추고 집중해야 한다. 그것이 생활화되고 체화되면 어떤 상황에서도 행복한 기운이 알아서 먼저 튀어나온다. 중년은 우울함을 동반하며 오기도 하지만, 이렇게 행복 천재로 거듭나기에 좋은 때이기도 하다. 나를 행복하게 하는 것에 집중해보자. 이제는 어떤 천재보다도 내 삶을 즐겁게 해주는 후천적 행복 천재가 되어보는 것은 어떨까.

잘하는 것보다
하고 싶은 것을 하라

잘하는 것과 좋아하는 것! 잘하는 일이어서 좋아하고, 좋아하니까 잘한다면 그야말로 이보다 좋을 수는 없다. 하지만 대부분의 경우 오래 한 일이라 잘하기는 하지만 좋아하지 않을 수 있다. 반대로 잘하지 못하지만 좋아할 수도 있다. 그래서 상대적으로 불행하다고 느끼기도 한다. 혹여 잘하는데 좋아하기까지 하는 일을 가진 독자분이 계시다면, 지금 당장 '브라보 마이 라이프!'를 한번 외쳐보시길 바란다.

학창 시절 담임 선생님을 생각하면, 딱 두 분이 생각난다. 중3과 고3 때 담임 선생님이시다. 신기하게도 두 분 다 국어 선생님이셨다. 고1 초반까지 서울에서 객지 생활을 하며 학교에 다녔던 나는 강원도에 있는 본가에 갔다가 방학이 끝나고 서울로 오는 것이 무엇보다 힘들고 싫었다. 개학 전날 서울로 오는 버스 터미널에서 버스 타기 직전까지 엄마한테 울며불며 하루만 더 있다 가겠다고 조르곤 했다. 그러면 내가 애처로

우셨던 엄마는 나를 이기지 못하고 버스표를 무르곤 하셨다.

중학교 3학년 새 학기에도 첫날에는 결석하고 이튿날 학교에 갔다. 첫날 결석을 한 탓에 내 번호는 맨 끝 번인 70번이었다. 학생 수가 70 명이었다. 출석부를 부르시던 담임 선생님은 내 이름을 부르시고 얼굴을 확인하시더니 "왜 그렇게 얼굴에 수심이 가득하니?"라고 물어보셨다. 그때 나는 내가 참 슬프다는 것과 그렇게라도 관심 가져주시는 선생님이 계시다는 것을 알았다.

중3 담임 선생님은 체구는 작으시지만, 매우 야무지셨다. 수업 때 판서하는 글씨체도 야무지시고, 수업하시는 목소리도 야무지셨다. 게다가 혼자 있는 학생을 보면 따뜻하게 말을 걸어주시는 분이셨다. 선생님께서는 우리 반에 매달 한 가지 주제를 정해서 글을 쓰게 하는 특별 과제를 내주시고는 그것을 첨삭해주셨다. 그렇게 글쓰기 과제를 할 때마다 점수를 매겨 피드백을 주셨는데, 나는 거의 A를 받았다. 그때 처음으로 선생님께 인정받는 것 같았다. 그리고 '조금이라도 내가 잘하는 게 있구나!'라는 생각을 하게 되었다.

고3 때 담임 선생님은 키가 크시고 많은 여학생이 흠모할 정도의 멋진 목소리와 외모를 갖고 계셨다. 운동장에 선생님이 지프를 대고 걸어가시는 것을 봤는데 지프도 멋있어 보였다. 하지만 선생님의 목소리는 굵고 저음이라 수업 시간은 좀 따분하고 귀에도 안 들어왔다. 졸리기까지 한 국어 시간은 어렵고 무슨 말인지 알아듣기도 힘들었다. 그러다 보니 '국어' 하면 졸리고 따분하며 어려운 것으로 나에게 각인되었다.

가장 중요한 시기인 중3, 고3 때 담임 선생님이 국어 선생님이셨는데, 늦게 들어간 대학에서 나는 국어교육을 전공하게 되었다. 원래 영어를 공부하고 싶었으나, 그 당시 원서를 써주시는 고등학교 진로 담당 선생님께서 대학을 나와도 취업이 문제니 사범대를 가라고 추천해주셨다. 그러나 내가 간 사범대에 영어교육과가 없었다. 나는 내 진로가 잘 못된 것을 대학에 들어가자마자 알았다. 그래서 누군가의 진로 상담을 하거나 정신교육을 해야 할 때면 무척이나 조심스러웠다. 누군가의 한 마디가 아이의 인생을 좌지우지하는 것을 경험으로 너무 잘 알고 있기 때문이다. 어쨌든 나는 어렵고 잘 못하고 그러다 보니 좋아하지 않는 그런 국어교육과를 졸업했다. 그래도 '사람이 배운 게 도둑질'이라고 결국 나는 그것으로 20년 넘게 먹고살았다.

생각해보면 좋아하는 일이라고 꼭 잘하는 것도 아니고, 잘하는 일이라고 꼭 좋아하는 것도 아니다. 좋아하지 않지만 잘하는 것은 어쩔 수 없으니까 했을 가능성도 있다. 또 그만큼 꾸준히 노력해왔기 때문에 잘하는 것일 수 있다. 아직도 주변 지인들은 나에게 "했던 일이나 다시 해보는 게 어때요?"라는 말을 하곤 한다. 그러면 나는 "아유, 됐어요. 한 번뿐인 인생 다른 것도 해보고 살아야죠!"라고 말한다.

우연히 TV를 보다가 중년의 여성분이 오토바이를 타고 전국을 달리는 것을 봤다. 혼자 노래를 부르면서 가다가 지역 주민들에게 말도 걸었다. 낯선 집에 가서 식사도 하고 기분 좋으면 술까지 한잔하기도 하셨다. 알고 보니 신계숙이라는 교수님의 EBS에서 하는 <맛터싸이클>이라는 프로그램이었다. 정말 놀라웠다. 그분 모습을 보며 완전 감정이입이 되었다. 마치 내 모습을 보는 것 같았다. 나이가 들어서인지, 내가 본래 가진 성향인지는 모르겠다. 나 또한 낯가림 없이 처음 보는 누구에게나 말을 잘 걸고 금방 친해진다.

신계숙 교수님은 혼자 유유자적 달리며 바람에, 하늘에 감탄하고 그것이 좋아서 혼자 콧노래도 부르고 때로는 구성지게 전통가요도 부르셨다. 정말 자유로워 보였다. 노래를 잘 부르겠다는 생각도 없어 보일뿐더러 그냥 자기 기분에 도취된 듯 보였다. 노래를 부른다는 말보다 한 가락 뽑아낸다는 말이 더 적절해 보였다.

중년 남자들에게 <나는 자연인이다>는 가장 인기 있는 방송 중 하나다. 중년 남자들에게 이 방송은 뭘까? 은퇴하고 이 복잡한 세상을 벗어나 모든 짐을 내려놓고 자연 속에서 여유롭게 시간을 보내며 '이게 나다!'라고 외치고 싶은 열망이 아닐까 짐작해본다. <나는 자연인이다>를 본 많은 남자들이 "나 찾지 마라. 산에 들어갈거다" 또는 "하던 사업 접으면 산에 들어가 살 거다"라는 말을 하는 것을 자주 들었다. 그만큼 유유자적하며 전원생활을 하고 싶은 것이 중년 남자들의 로망이리라.

중년 남자들에게 <나는 자연인이다>가 있다면, 나에게는 <신계숙의 맛터싸이클>이 있는 셈이다. <신계숙의 맛터싸이클>의 매력은 뭘까? 아마도 자유로움과 꾸미지 않은 소탈함을 가감 없이 보여주는 게 아닐까 싶다. 그녀는 오토바이를 자유자재로 운전하며 자신의 마음대로 속도를 조절하며 달린다. 달리다 동네잔치 같은 것이 있으면 멈추고 잠시 그것을 즐긴다. 교수라고 교양 있게 먹지도 않는다. 예쁘게 보이려는 모습은 아예 없다. 그냥 "이게 제맛이지유"라는 구성진 충청도 말투로 이야기하며 뭐든 깔짝거리지 않고 손으로 척척 드신다. 기분 내키면 술도 한잔 걸치고 달아오른 붉은 얼굴로 노랫가락도 뽑아내신다. 어떤 때는 춤도 덩실덩실 추신다.

카메라나 타인의 시선을 의식하지 않는 듯한 모습에서 자유로움과 소탈함이 느껴졌다. 어떤 때는 본인의 전공을 살려 중식당 하나 없는 외진 곳에 사시는 어르신들을 위해 중화요리를 척척 만들어 따뜻하게 대접하신다. 그럴 때면 나에게도 감동과 따뜻함이 전해졌다.

프로그램 속 신계숙 교수님을 보면 참 나 같다는 생각이 들었다. 어쩌면 나도 그렇게 자유롭게 살고 싶다는 생각이 큰 것인지도 모르겠다. 언젠가 나도 신계숙 교수님처럼 자유롭게 혼자 세상을 누비고 살지도 모르겠다. 신계숙 교수님이야말로 잘하는 것보다 좋아하는 것을 하며 사시는 것 같다. 아니 잘하는 것과 좋아하는 것을 잘 버무려 인생을 한바탕 잘 노시는 분처럼 보였다.

지난가을, 친구 한 명이 대뜸 "이지야, 나 진작에 오토바이를 타보는 건데 그랬어!"라는 말을 하길래 깜짝 놀랐다. "진작에 40대에 타볼걸! 지금은 좀 그렇지?" 그러더니 "안 되면 스쿠터라도 한 대 사서 동네라도 다녀볼까?"라고 말하는 것이다. 나는 "암만 그래도 스쿠터는 아닌 것 같아. 할리 데이비슨이나 인디언 로드마스터 여성용 예쁘더만. 그건 타야지! 근데 그거 오토바이 면허부터 따야 돼"라고 대답했다. 듣고 있던 친구는 "아무래도 안 되겠다"라며 웃기만 했다. 신계숙 교수님도 오토바이 면허를 56살에 따셨다고 하니, 결코 늦은 것은 아니다. 정말로 해보고 싶으면 해보는 것이다.

지인 언니 한 분은 요즘 뮤지컬 준비하신다고 바쁘다. 작년에 건강에 문제가 생겨 병원에 종종 가시곤 했는데, 다시 건강을 회복하시고 열심히 하고 싶은 것을 하신다. 뮤지컬 준비를 하면서 요즘 노래에 춤도 배우신다고 한다. 힘들어도 재미있다며 3월에 있을 작품 근사하게 해보고 싶다고 몇 달을 준비하고 계신다. 가끔 컨디션이 안 좋아도 흐트러진 모습 하나 없이 나보다 젊고 예쁘게 하고 다니신다. 그런 언니의 모습을 보면 내 눈에는 세상 예쁘고 어리게 보인다. 언니가 공연하는 날, 나는 예쁜 꽃다발을 한 아름 안겨주며 "언니! 최고예요" 하고 꽉 안아줄 생각에 벌써부터 설렌다.

50년 넘게 살아보니 특별히 잘하는 것은 없어도 웬만하면 사는 데 지장 없을 정도는 잘하게 되는 것 같다. 지금까지 현역으로 일하시는 분들은 정말 그 분야 프로다. 전업주부로 사신 분들은 집안일 도사다. 인생의 반을 넘게 살아온 지금은 잘하는 것보다 하고 싶은 것을 하고 싶다. 그것이 쉬울 수도 있고, 어렵고 힘들 수도 있다. 쉬우면 쉬운 대로, 어려우면 어려운 대로 하고 싶은 것을 하며 살고 싶다. 그래야 삶이 더 풍성하고 다채로울 것이라는 생각이 든다.

좋은 사람보다
행복한 사람이 되자

좋은 사람이 자기한테도 좋은 사람일까? 혹시 우리는 그동안 모든 사람에게 좋은 사람이라는 인상을 남겨주기 위해 스스로를 힘들고 불행하게 만들지는 않았을까? 내 인상은 순한 편이다. 얼굴은 동그스름하니 턱도 두 개이고 눈꼬리가 아래로 처졌다. 그래서인지 어려서부터 인상이 좋다느니 성격이 좋아 보인다느니 하는 이야기를 많이 들었다. 나는 그것이 참 마음에 안 들었다. 처음부터 그렇게 다른 사람에게 이미지가 심어지면, 다른 사람이 보는 기준에 나를 맞춰야 한다는 생각이 들었기 때문이다.

처음부터 쌀쌀맞아 보인다든지 찔러도 피 한 방울 안 나오게 생겼다든지 여우처럼 보인다든지 그런 말이 오히려 좋아 보였다. 그런 사람은 조금만 착하고 상냥하기만 해도 보기와는 다르다며 칭찬한다. 칭찬이 아니어도 그냥 기본은 한다. 그러나 성격 좋아 보이고 착해 보이면,

일단 처음 봐도 좀 누르고 들어오는 것 같다. 한마디로 내가 느끼기에는 만만하게 보는 게 있다. 게다가 조금만 기대에 어긋나도 사람이 까칠하다느니 보기와는 다르게 성깔 있다고 비난 같은 말을 하곤 한다. 누가 착하게 봐달라고 한 것도 아닌데, 혼자 판단하고 혼자 결론을 내리는 것이다.

일할 때도 학부모 상담 일이 주 업무였을 때는 까칠해 보이기 위해서, 아니 날카롭게 보이기 위해서 노력했다. 머리 스타일도 매직이나 스트레이트로 펴고, 화장할 때 일부러 눈꼬리를 과하게 올리기도 했다. 안경도 좀 깍쟁이처럼 보이는 금테 안경을 써서 눈꼬리가 처져 순해 보이는 것을 보완하곤 했다. 그래야 똑 부러져 보이고 좀 더 똑똑해 보이며 예리해 보여서 만만하게 보지 못할뿐더러 내 말에 더 신뢰가 갈 거라 생각했기 때문이다.

사람은 본인이 부족하다고 생각하면 그것을 채우려는 욕망이 강하다. 아무도 신경 쓰지 않는데 혼자 본인의 단점을 캐곤 한다. 그러다 자존감을 잃고 자신감도 떨어지는 경우도 있다. 나는 상체에 비해서 다리가 가늘어서 늘 그것이 고민이었다. '어떻게 하면 다리가 굵어질까?' 하고 다리 굵어지는 법, 다리 근육 만들기, 다리 굵어 보이게 옷 입는 방법 같은 것들을 찾아보고 시도한다. 내가 보기에는 미니스커트를 입어도 삐쩍 마른 다리보다 약간 통통하게 살이 있는 사람이 입는 게 예뻐 보였다. 그러나 반대로 다리가 굵은 사람들은 내 다리를 제일 부러워한다.

특히 중·고등학교에 다니던 조카들은 내 다리를 최고로 부러워하기도 했다.

어렸을 때 얼굴이 좀 통통해 보이는 여자아이를 보면 어른들은 "부잣집 맏며느릿감이다"라는 말을 하곤 했다. 그것이 어렸을 때는 칭찬처럼 들렸다. 부잣집 큰아들의 부인이니 덕담이라고 생각하는 게 맞긴 하다. 그러나 어른이 되고 보니 어느 집 맏며느리도 행복해 보이진 않는다. 그냥 성격이 무던하니 시댁 식구들 비위 잘 맞추고 집안 대소사에 나서서 믿음직스럽게 일 잘하게 생겼다는 말로 들리는 것이다. 맏며느릿감이다, 맏며느리처럼 생겼다는 말은 상대방 기준에서 좋은 말이다.

남편은 술 마시는 것을 좋아하지도 않고 잘 마시지도 못한다. 어쩌다 "우리 맥주 한 캔 나눠 마실래?"라고 물어도 안 마시는 사람이다. 우리 집에 선물로 들어오는 양주나 와인, 산삼주 이런 것은 그냥 전시물에 불과하다. 친척들이나 누가 오지 않는 한 없어지지 않는 게 우리 집 술이다. 그럼에도 남편은 모임이나 회식이 있는 날이면 혀가 꼬여 비틀거리며 집에 들어온다. 그 모습을 보면 짠하다 못해 화가 난다. 집으로 들어온 남편은 먹은 것을 다 토해내기가 일쑤다.

"그렇게 못 마시는 술을 그렇게까지 마시며 해야 하는 일이면 그만 둬!"라고 내가 소리치면 "아이고, 힘들어. 그러니까 말이야"라고 대답한다. 그리고 밤새 끙끙대고 화장실에 들락거린다. 술은 못 마셔도 분위기는 좋으니까 분위기 깨기 싫고, 또 안 마시는 것은 함께 자리한 사람들에 대한 예의가 아니라고 생각하는 것 같다. 성격 좋고 분위기를 돋우는 게 본인의 역할이라고 생각하는 것도 같다. 좋고 착한 사람이라는 이미지가 굳어져 그것을 벗겨내기가 쉽지 않은 것이다.

좋은 사람의 의미는 상대적이다. 보는 입장과 상황에 따라 좋은 사람의 의미는 모두 다르다. 착한 사람이면 좋은 사람, 공감대가 맞으면 좋은 사람, 무조건 내 편이 되어주면 좋은 사람, 밥 사면 좋은 사람, 내 말 들어주고 부탁 들어주고 내 편이 되어주고 그래도 별로 싫은 내색 안 하고, 화 안 내면 좋은 사람이다. 우리는 종종 좋은 사람이라는 말을 착한 사람이라는 의미로 혼용한다. 그러나 착하고 좋은 사람은 좋은데 그것을 이용해서 스멀스멀 영역을 침범하는 게 사람이다. 그렇게 영역을 넘어와도 그냥 자리를 내주는 게 착한 사람과 좋은 사람의 대체적인 특징이다.

나는 친한 사람과 돈거래는 하지 않는다는 철칙이 있다. 좋은 의도로 친구에게 돈을 빌려주었다가 친구까지 잃는 경우를 주변에서 흔히 보게 되기 때문이다. 내 친구 중 한 명도 "친구 간에 돈거래는 안 하는 거 알지?" 하며 똑소리 나게 이야기하곤 했다. 그러다 다른 친구가 몇백만 원을 빌려달라고 하자 대뜸 빌려주었다고 한다. 나는 아주 다급한 경우가 아니면, 그것은 아니다 싶어서 둘러대며 거절을 하곤 했다.

그런데 마음 약한 그 친구는 "친구 간에 돈거래는 안 하는 거 알지?

근데 얼마 필요한데?"라며 빌려주었다고 한다. 그러다 1~2개월 쓰겠다는 기한을 넘어 6개월이 넘어가고, 근 1년이 넘어가도 받지 못했다고 한다. 결국, 집까지 찾아가 이야기한 끝에 두 번에 나눠 받았다는 것이다. 그 이후로는 그 친구와 손절했다고 한다.

또 다른 친구는 갑자기 어려워진 친구에게 몇천만 원을 빌려주었다고 한다. 어려운 일을 당한 친구였기에 돌려받으려는 생각에 빌려준 게 아니었다고 한다. 그런데 빌려간 돈 때문에 연락까지 끊은 그 친구가 너무 야속하다고 이야기하는 것을 들은 적이 있다.

좋은 사람 되려다 친구만 잃은 셈이다. '원래 그런 친구니까 안 만나는 게 잘된 거야'라고 생각하면 그만이지만, 그래도 잘 지낼 수 있는 친구를 잃는 것은 매우 섭섭한 일이다. 게다가 친구에게 배신감까지 든다. 아이러니하게도 돈을 빌려주며 도움을 주었던 친구와는 단절된다. 반면 미안한 마음이 있지만 적절하게 거절했던 친구와는 연락은 하는 사이가 되는 것이다.

내가 좋은 사람인지는 모르겠다. 그러나 마음이 좀 여린 것은 알겠다. 나는 왠지 어려서부터 살아 있는 것은 다 아플 것 같다는 생각을 했다. 하다못해 길가에 있는 풀 한 포기조차도 힘들겠구나 생각했다. 어려서부터 인내와 겸손이 사람의 도리라는 것을 내 안에 각인시켰다. 어른이 되어서는 역지사지, 타인에 대한 배려가 최고의 사람됨이라고 생각했다. 그것은 맞는 말이다. 하지만 그런 내 생각이 나를 참 피곤하게 했다.

무조건 인내로 버텨야 하고, 내가 힘들어도 다른 사람부터 생각해야 했다. 그렇게 사는 것이 나를 성장시키고 큰 사람이 되는 방법이라고 굳게 믿고 살았다.

매사에 나는 당당할 수 있는 상황에서도 그러지 못하는 내가 가끔은 답답했다. 마치 돈을 빌려주고도 말 못 하고 오히려 빌려준 돈을 받기는 커녕 돈을 갚아달라고 부탁하는 것마저도 죄스럽게 생각하는 사람 같았다. 그런 행동이 굳어지면 '쫄보'가 되는 것이다. 이 얼마나 피곤하고 스스로를 힘들게 하는 일이란 말인가?

20년 만에 오랜 친구와 연락이 되어서 만난 적이 있다. 가끔 그 친구가 잘 살고 있는지 궁금했다. 그러나 딱히 연락할 만한 일이 없었기에 그냥 잊고 지냈다. 그런데 어느 날, 그 친구에게 연락이 왔다. 친구를 만나서 예전에 웃겼던 일들이며 살아온 이야기를 짧게나마 할 수 있었다. 구구절절 다 말하지 않아도 그 친구가 어떤 생각을 가지고, 어떻게 살아왔는지 알 수 있었다. '정말 치열하게 열심히 살았구나'라는 생각이 들었다. 오랜만에 만났지만 우리는 서로 그래도 잘 살아왔고, 어른다운 어른이 되려고 노력하며 살아왔구나 하는 생각이 들었다.

다음 날, 그 친구에게 "이지야, 나는 네가 좋은 사람인 게 좋아"라고 문자가 왔다. 오랜만에 만난 친구가 나를 좋은 사람이라고 표현해준다는 것이 참 기쁘고 따뜻했다. 또 앞으로도 좋은 사람으로 살았으면 좋겠다는 의미도 함축되어 있었으리라 생각된다. 우리가 생각하는 좋은 사람이란 반듯하고 자기 인생에 책임감 있게 산다는, 그런 복합적인 의미가 내재되어 있다. '좋은 사람'이라는 말을 한참 생각하다가 그 친구에게 답변을 보냈다.

"친구야, 나는 네가 좋은 사람보다 행복한 사람이었음 좋겠어."

'좋은 사람'은 정말 좋다. 그러나 생각해보면 좋은 사람이라는 말은 상대적이며, 또 타인의 관점에서 좋은 사람일 수 있다. 타인 입장에서 좋은 사람인 내가, 나에게도 좋은 사람이라면 상관없다. 하지만 좋은 사람이라는 이미지에 맞추려고 잘못된 선택을 할 수도 있다. 아니면 스스로를 피곤하게 할 수도 있다. 50대 중년의 시기를 사는 우리는 이제 좋은 사람보다 행복한 사람이 되었음 좋겠다.

내면도 겉모습도
같이 가꾸어야 한다

살다 보면 가지고 태어난 기본값으로 버티기 힘든 순간이 온다. 자연스럽다는 말에는 자연스럽게 보이려고 열심히 가꾸었다는 의미도 내포되어 있다. 무엇을 가꾼다는 말은 치장한다는 말과는 다르다. 기본을 닦고 다듬는다는 말에 가까울 것이다.

한동안 '○○깡패'라는 말이 유행처럼 번졌던 때가 있었다. 여기에서 깡패라는 말은 나쁜 의미가 아니라 진짜라는 '찐'을 뜻했다. 또는 '전문'이라는 말의 강한 표현 같기도 했다. 뭔가 개성이 넘쳐날 때 쓰는 표현 같기도 했다.

나는 그 말이 왠지 좋았다. 그래서 옆에 있던 남편에게 "나는 무슨 깡패 같아?"라고 물어본 적이 있다. "음…, 너는 미모 깡패야!"라는 남편의 대답에 둘이 웃었던 게 기억난다. 남편의 재치 있는 대답이 마음에 들어 기분이 좋았다.

남편이 미모 깡패라고 치켜세우긴 했지만, 사실 나는 결혼식을 준비하면서 피부숍 쿠폰을 10회 끊었음에도 세 번 정도 가고 말았을 정도로 그다지 외모에 신경 쓰는 여자가 아니었다. 30대에도 그런 일이 있었다. 남편이 지인의 아내가 피부마사지숍을 오픈했다며 비싼 돈을 들여 피부마사지 10회권을 끊어주었지만, 역시 그곳도 두 번 가고 회비를 모두 날려버렸다.

늘상 마음이 바빴던 나는 피부숍에 가서 누워 있는 것도 답답했다. 끝나고 잠시는 기분이 좋지만, 효과는 별로인 것 같았다. 하지만 이 모두가 핑계이고, 게으름이 그 이유라는 것을 나는 알고 있었다. 그런 나를 보면서 남편은 가꾸지 않고 예쁜 여자는 본 적이 없다며 나에게 일침을 가했다.

가끔 가까이 있는 친구들을 만날 때가 있었다. 그때 나는 옷을 대충 주워 입고, 모자 하나 눌러 쓰고 그냥 나가는 경우가 허다했다. 그러면 친구나 동생들의 첫마디는 "오늘 세수는 했어?"였다. 그럼 나는 "뭐 하겠다고 맨날 빡세게 씻냐? 잠자기 전에 한 번 씻으면 되지!"라고 맞받아쳤다. 어쩌다 중요한 모임이나 일이 있어서 좀 차려입고 화장하고 나가면 그들은 "그래! 이렇게 하고 다니란 말이야!"라고 한마디씩 하면서 손뼉까지 쳐준다.

예전에 엄마는 넉넉한 형편이 아니었음에도 늘 자신을 잘 가꾸셨다. 아침에 일어나면 화장은 물론, 머리를 곱게 빗어 단장하셨다. 헤어드라

이어가 없던 그 옛날에도 엄마는 꼭 3~4일에 한 번씩 미장원을 가서서 머리를 하고 오시곤 했다. 그런 엄마의 모습은 참 예뻐 보였다. 그런 날에는 저녁상에 더 맛있는 게 올라오는 것 같았다. 집안 분위기도 더 안정되게 느껴져 어린 나도 기분이 좋았다. 엄마의 예쁜 머리가 집 안 공기를 환기해주었던 것 같다.

지금은 많이 업그레이드된 헤어기기들이 경쟁적으로 쏟아져 나온다. 하지만 그 어떤 기기도 옛날 미장원에서 연탄불에 달궈서 '치익' 하는 소리와 함께 헤어스타일을 완성해주었던 고데기에는 못 미치는 것 같다.

나는 겉모습은 그다지 중요하게 생각하지 않고 살아왔다. 항상 부족함을 느끼는 내면을 채워야 한다고 생각하며 살았다. 겉모습은 내면이 채워진 후에나 신경 쓰는 거라고 믿었다. 마치 운동을 못 하는 운동선수가 옷만 신경 쓰는 것처럼 느껴졌기 때문이다. 운동을 잘하면 어차피 빛날 텐데, 운동도 제대로 못 하면서 어떤 옷이 예쁜가부터 생각하는, 말 그대로 제사보다 잿밥에 더 마음을 두는 것 같아 불편했다.

그러는 나도 직장에 다닐 때는 성공한 커리어우먼으로 보이기 위해 부단히 노력했다. 항상 딱 떨어지는 정장을 입고, 힘들어도 항상 구두를 신고 또각또각 걸어 다녔다. 청바지를 입고 출근하거나 대충 옷을 입고 출근하는 사람들을 볼 때도 있었다. 내게 그들은 직장에 대한 예의가 없거나 자기 관리를 못 하는 사람처럼 보였다. 내가 옷을 사주는 것도 아니니 뭐라 말은 못 했지만, 기분이 그랬다.

그러다 누가 예쁘게 하고 출근하거나 명품이라도 사서 들고 오면, 그게 참 좋아 보였다. 생기 있게 자기 삶을 사랑하는 사람 같고, 자신감도 넘쳐 보였다. 그렇게 잘 차려입고 다니는 사람은 일도 더 적극적으로 잘 한다는 것을 경험으로 알게 되었다.

내가 아는 직장 후배 한 명은 피부도 깨끗하고 키도 큰데 몸매까지 군살 하나 없는 미인이었다. 볼 때마다 나는 늘 그녀가 부러웠다. 비법을 여러 번 물어봤지만, 그냥 "아녜요" 하고 웃기만 했다. 그러더니 어느 회식 자리에서 자기만의 비법을 알려주었다. 퇴근 후 집에 가면 얼굴에 팩을 붙이고 1시간 동안 TV를 보면서 온몸을 쭉쭉 스트레칭을 하는 게 전부라고 했다. 중요한 것은, 어쩌다 생각날 때만 하는 게 아니라 365일 매일 그렇게 한다는 것이다. 퇴근하면 먹고, 씻고 쉬기 바쁜 나와는 참 대조적이었다. 사실 별거 아니다. 팩 붙이고 그저 스트레칭을 하는 거 어렵지 않다. 그런데 그것을 매일 습관처럼 하는 데는 노력이 필요하리라. 뭐든 좋아 보이는 것에는 다 그만한 이유가 있는 셈이다.

살다 보면 어느 날 동창 모임이 있다고 연락을 받는 순간을 맞닥뜨리게 될 것이다. 세월이 많이 흐른 후에 만나는 것이니, 다들 어떤 모습으로 어떤 인생을 살아왔는지 몹시도 궁금증이 일 것이다. 시집은 잘 갔는지, 무슨 일을 하며 사는지, 얼굴은 어떻게 변했는지, 어떤 사람과 결혼했는지 등등…. 그렇게 궁금증과 설레는 마음을 가득 안고 동창회에 나가게 된다. 고등학교를 졸업하고 근 30년 만에 보는 친구들이니, 그 반가움과 궁금함은 말할 필요가 없을 것이다.

예뻤던 그때 그 아이는 나이 들어 어떻게 변했는지, 공부 잘했던 그 아이는 성공한 삶을 살고 있는지…. 궁금한 게 참 많은 모임이 동창회다. 비단 어렸을 때 한 시기를 함께했다는 게 동창회에 나가는 이유의 전부는 아니다. 지금 만나는 사람은 지금의 모습만 보니까 잘 모른다. 하지만 오래된 동창 친구는 변한 모습이나 언행을 통해 어떻게 살아왔는지 대충 그 삶을 짐작하게 해준다. 즉, 내면이 겉모습에 나타나는 것이다.

우리 동네에 소녀시대로 불리는 할머니 한 분이 계신다. 멀리서 걸어오시는 모습만 봐도 알아볼 수 있다. 나는 그분을 나만 아는 줄 알았다. 그런데 아니었다. 동네에 누가 사는지 거의 모르는 어머니와 남편까지도 알고 있었다. 그만큼 눈에 띄게 치장하고 다니셨다. 몸매도 날씬하시고 옷은 어찌나 패셔너블하게 입고 다니시는지 정말 연예인 같으시다.

그분은 딱 붙는 재킷과 미니스커트 그리고 굽 높은 롱부츠를 즐겨 신고 다니셔서 멀리서 처음 봤을 때는 젊은 사람이려니 했다. 그러던 어느 날, 마트를 다녀오시는지 여느 때의 옷차림으로 카트까지 끌고 걸어오는 모습을 가까이에서 보게 되었다. 가까이에서 본 그분의 얼굴은 나의 어머니보다도 늙어 보여서 깜짝 놀랐다. 연세가 얼마나 되셨는지는 모르겠지만, 얼굴과 피부에 좀 더 투자하고 관리하시는 게 겉모습을 치장하는 것보다 나을 것 같았다.

소녀시대 할머니를 볼 때마다 굽 높은 부츠를 신고 다니시는 할머니의 무릎 관절이 걱정되기도 했다. 그 할머니의 모습을 보지 못한 지 1년은 넘은 것 같다. 왜 요즘은 안 보이시는지, 건강은 괜찮으신 것인지 궁금하기도 하고 걱정도 된다.

최근에 몇 달 동안 못 봤던 지인을 만났다. 웃으며 반갑게 인사했지만, 나는 속으로 '도대체 무슨 일이 있었길래 이렇게 얼굴이 상했지' 싶었다. 불과 몇 달 전에 만났을 때보다 얼굴이 몹시도 상해 있었다. 이 나이에 얼굴이 상했다는 뜻은 단지 살이 빠졌다는 의미를 넘어선다. 잔주름이 늘고 피부 탄력이 떨어져 늙어 보인다는 뜻이다.

그런 말은 못 하고 나는 "왜 이렇게 살이 빠진 거예요?"라고만 물어봤다. 그랬더니 몇 달 동안 무슨 프로젝트를 하나 기획해서 하느라 애를 출산하는 정도의 고통을 겪었다는 답이 돌아왔다. 일도 좋지만, 너무 얼굴이 상해서 걱정스러웠다. 다행히 지인의 소개로 간 병원에서 피부 재생하는 프로그램으로 관리받고 얼굴이 너무 좋아졌다고 한다. 매일 거울을 볼 때 너무 행복하고 신난다고 한다. 그렇게 말하는 그분의 모습은 정말 생기 있고 예뻐 보였다.

내게도 겉모습은 어쩔 수 없지만, 내면이라도 닮고 싶은 사람이 있다. 한 시대를 풍미하고 아름답게 생을 마무리한 오드리 헵번(Audrey Hepburn)이다. 신은 어쩌면 그렇게 완벽하게 예쁜 사람을 만드실 수 있는지 놀랍기만 하다. 그러나 오드리 헵번을 그냥 예쁜 배우라고 치부하려니, 그 아름다움을 묘사해주는 표현이 턱없이 부족함을 느낀다. 그분은 정말 아름다운 분이다.

오드리 헵번은 말년에 배우로서 쌓았던 명성과 모든 능력을 구호 활동에 바쳤다. 전쟁터나 전염병이 도는 곳도 마다하지 않고 도움의 손길을 내밀고 헌신했다.

몇 년 전, 로마를 여행한 적이 있다. 가이드분께서 영화 <로마의 휴일>에서 오드리 헵번이 아이스크림을 먹었던 계단이라며 일러주었다. 나도 그 계단에서 아이스크림을 먹으며 사진을 찍었다. 그분을 바라기라도 하듯이.

나이를 먹어가면서 예쁘다는 말을 듣는 것은 쉽지도 않지만 어색하기도 하다. 세상에는 미모 깡패도 있고, 미모 영세민도 있다. 이제 나는 예쁨을 초월할 수 있는 게 무엇인지 알 나이가 되었다. 예쁘긴 힘들지만, 내면을 가꾸고 소중한 나를 위해 겉모습 또한 가꾸어간다면, 충분히 아름다워질 수 있는 나이라고 생각한다. 나는 오드리 헵번처럼 내면도 겉모습도 아름답게 나이 들어가길 소망한다.

나를
리셋하라

의술이 발달하면서 100세 시대라고 한다. 하지만 100세가 아니어도 중년으로 사는 지금, 우리는 아직 살아야 할 많은 날이 있다. 중년은 두 부류의 사람으로 나뉘는 것 같다. 지금부터 삶의 후반을 생각하며 정리 모드로 가는 사람과 이제 정말 나를 위한 시간이 되었다고 생각하며 인생 2막을 준비하는 사람이다. 어느 쪽이 더 삶을 알차게 사는 것일까?

일과 관련되지 않은 사람을 만난 적이 없는 나는 일을 그만두면 아는 사람이 거의 없을 거라고 생각했다. 그러나 그것은 나의 오산이었다. 일을 그만두고 나니 의외로 사회에서 만나는 사람들이 많이 생겼다. 만나는 사람도, 직업도 다양했다.

누군가를 처음 만나 나를 소개하기에는 명함이 중요하다는 생각이 처음으로 들었다. 직업이 없어지니 나를 표현하기가 참 모호해졌다. 전업주부라고 하기도 그렇고, 백수라고 말하기도 이상했다. 그렇다고 예전에 어떤 일을 했던 사람이라고 구구절절 말하기도 이상했다.

명함의 소중함을 일을 그만두고야 알았다. 얼마간은 예전의 명함을 들고 다녔지만, 어느 순간부터 그것도 창피하고 의미 없는 쪼가리에 불과하다는 생각이 들었다. 그 이후에는 그냥 백수로 나를 지칭하고 다녔다. 편한 자리에서는 그냥 상팔자라고 웃으며 말하기도 했다.

예전에 학원에서 수업하다 아이들과 꿈 이야기를 한 적이 있다. 그럴 때 아이들은 "돈 많은 백수가 꿈이예요"라든가 "저는 다시 태어나면 부잣집 강아지로 태어나고 싶어요"라는 말을 하곤 했다. 웃긴 했지만, 아이들도 저마다의 삶이 얼마나 피곤하면 이렇게 이야기할까 하는 생각이 들어 마음이 짠해지곤 했다.
시험 기간이 끝나면 아이들이 좋아하는 간식을 사주거나, 시험 끝난 보상으로 게임을 할 시간을 주곤 했다. 그런데 한번은 중3 반이었는데 간식을 사달라거나 게임을 할 시간이 아니라 1시간만 멍 때릴 시간을 달라는 것이다. 나는 정말 그게 소원이냐고 물으니 아이들은 정말 1시간만이라도 그러고 싶다고 간절히 원했다. 그래서 시간을 주었더니 정말 45분 동안 아무것도 안 하고 말 그대로 멍 때리기를 한 적이 있다.

백수라는 말은 부정적인 의미로 들린다. 아무리 당당하게 말해도 말하는 내가 부끄러워진다. 전업주부로 살아온 지인은 다른 친구가 명함을 내밀 때 스스로 굉장히 부끄럽고 부럽기도 했다는 말을 한 것을 들은 적이 있다. 언젠가 '명함'을 찍는 게 소망이라고도 했다. 새로운 명함을 만들 일이 없는 중년은 그래서 더 우울하게 느껴지는 것 같기도 하다.

중년이 되어 사람을 만나면 꼭 나오는 말이 있다 "라떼는 말이야!"로 시작하는 인생 스토리다. 처음에는 호기심을 갖고 그 사람의 인생 라떼를 듣다가 언젠가부터 라떼 이야기가 나오면 모두 그만하라는 신호를 보낸다. 예전의 '왕년에'라는 말이 '나 때는 말야'로 바뀌면서 '라떼'라는 말로 예쁘게 포장되어 불리는 것이다. 단어를 사용하는 사람들의 아이디어가 기발하다고 생각한다. 인생 50까지 살아왔으니 얼마나 많은 인생 라떼가 있을 것인가.

사실 나는 50대가 되면서 더 살 만하다고 느껴진다. 아니, 살면 살수록 더 살 만해지는 것 같다. 물론 나 스스로도 많이 변했다. 50대가 되면서 사는 것에 적응된 것처럼 느껴졌다. 어떻게 살아야 하는지도 보이는 것 같다. 나의 정체성도 알게 되고, 나와 타인을 좀 편하게 바라보는 방법도 알게 되었다. 사람을 대하는 방법도 성숙해지고, 삶에 중요한 것이 무엇인지도 알게 된 것 같다. 아마도 젊은 시절 정신없이 바쁘게 앞만 보며 살다가 이제 여러 가지 면에서 여유가 생겨서일까 싶기도 하다. 그래서 50살을 하늘의 명을 안다고 해서, 지천명(知天命)이라 일컫는 것 같다.

사람들은 진심 반, 농담 반으로 '이번 생은 망했어!'라든가 '뭔가를 바꾸려면 다시 태어나야 해!'라는 말을 종종 하곤 한다. 이런 말은 삶을 좀 내려놓는다든지, 아니면 이게 이번 생의 한계라든지 하는 자조적인 표현일 것이다. 나는 이런 말을 하는 것을 들을 때마다 섬뜩해진다. 누군가 이런 말을 할 때면 나는 "무슨 이야기야? 아직 인생 시작도 안 했거든"이라고 맞받아친다. 사실이다. 나는 지금까지 산 게 인생의 전부라고 생각해본 적이 없다. 나의 인생은 아직 시작도 하지 않았다. 내가 철이 없는 것일 수도 있고, 아니면 스스로 자신감이 생겨서인지는 모르겠다.

　　보통 30살까지가 어른이 되는 과정이었다면, 50살까지 이제 고작 20년 산 것이다. 건강만 잘 관리한다면, 앞으로 최소 20년 이상은 우리 삶을 살 수 있는 시간이 있다. 게다가 우리는 인생을 살아오면서 삶이 주는 지혜를 갖게 되었고, 삶을 통찰할 수 있는 어느 정도의 능력도 갖추게 되었다. 지금은 적어도 인생 초보가 아니란 말이다. 누군가 "중년이 가장 머리가 좋은 나이"라고 말하는 것을 들은 적이 있다. 어쩌면 이제야 진짜 삶을 살 수 있는 능력이 업그레이드된 시기라고 할 수 있다. 신체적인 능력은 젊을 때와 비교하면 다소 떨어지지만, 삶의 실수를 줄일 수 있는 지혜라는 무기가 장착된 것이 중년인 셈이다.

　　나는 '리셋'이라는 말을 종종 쓰곤 한다. 사람 관계로 힘들거나 기억하고 싶지 않은 후회되는 내 모습을 갈아엎고 싶은 순간이 오면, 나의 주변 및 마음과 정신을 리셋한다. 물론 말한다고 쉽게 리셋되지는 않는다. 그래도 그렇게 리셋하겠다고 스스로 선언하면 생각보다 정리가 되곤 한다. 굳이 기억하지 않아도 되는 일들을 혼자 붙잡고 자존감에 생채기를 내며 힘들어할 필요가 없다는 생각이 들었다. 내가 리셋하기 전에 나의 주변 사람들이나 그 외 모든 것들은 이미 중요하지 않게 잊어버리기 때문이다.

사람들은 생각보다 남의 일에 그렇게까지 관심이 없다. 그렇게 생각하는 것은 오히려 나 자신뿐이다. 그러니 곱씹어 생각하고 혼자 끙끙거리며 상처받을 필요가 없다. 너나 나나 다 같이 인생은 처음이라 그러려니 생각하고 넘어가면 그뿐이다. 시간이 지나면 저절로 해결되는 일이 태반이다.

리셋이라는 말의 사전적 의미는 주변 사물과의 미적 관계나 목적을 고려해서 사물을 배치하거나 새로 갖춘다는 의미다. 다시 말해, '무엇인가를 새롭게 하려고 판을 새로 준비한다'라는 말로 쉽게 받아들이면 될 것 같다. 그러기 위해서는 먼저 치워야 한다. 나는 그동안 살면서 해왔던 모든 것들에서 취사 선택하라고 말하고 싶다. 나에게 좋았던 것은 취하고, 아닌 것은 다시 재정비하는 것이다. 아니, 과감히 안 좋았던 과거와는 결별하라고 말하는 게 나을 듯하다.

그동안 못 읽었던 책이 있으면 재미있고 유익한 독서를 하는 것도 좋다. 운동을 싫어한다면 자신에게 맞는 운동을 시작해보는 것이다. 하다 못해 나 혼자 밥 먹는 것조차 못했다면 과감히 고급 레스토랑에 가서 혼자 우아한 식사를 즐겨보는 것도 좋다. 작은 것들을 시도하다 보면 내가 어떤 것을 좋아하고 잘할 수 있는지 알게 된다. 그런 것들이 쌓이면 자존감도 높아지고, 무엇을 해도 할 수 있겠다는 자신감도 생긴다.

스스로 생각할 때 잘 웃지 않았던 사람이라면 크게 소리 내 웃어보기를, 어디 가도 말을 많이 해야 직성이 풀리던 사람이었다면 말하기보다 듣는 것에 집중해보기를, 잘 가꾸지 않는 사람이었다면 잘 가꾸는 사람이 되어보기를, 혼자는 무엇을 하기가 두려웠다면 기꺼이 혼자 무엇이든 해보는 사람이 되기를, 자발적 집순이로 살았다면 어디든 다녀보기를, 그래서 스스로 어떤 사람인지 알아보기를 바란다.

대부분의 사람들은 20대에 배운 것으로 거의 50살까지 살아간다. 어렸을 때 받았던 가정 교육과 학교 교육을 기반으로 살아가는 것이다. 물론 나도 그랬다. 그러나 자유의지를 갖고 태어난 우리는 이제 다시 살아갈 가치관을 재정비하고 또 다른 나만의 능력을 구비해야 한다. 50대는 신체적인 능력이 조금 떨어지는 것 빼고는 어느 젊은 시절보다도 훨씬 유리한 시점이라고 감히 말하고 싶다.

법륜스님께서는 "인생은 수를 놓는 것과 같다"라고 말씀하셨다. 내 인생 2막을 다시 그리기 위해 새롭게 리셋해보자. 지금까지의 나를 하나의 상자에 예쁘게 담아두고, 새로운 천을 준비해보자. 나의 새로운 인생이라는 천에 어떤 수를 놓을지 생각하는 것만으로도 충분히 설레는 나를 본다.

배우는 여자는
늙지 않는다

나는 젊었을 때, 얼굴이 쪼그쪼글해지기 시작하면 살고 싶지 않을 것 같다고 생각했다. 아무리 좋은 인생도 그렇게 얼굴에 주름이 깊어지면 거울을 보는 것만으로도 삶이 너무 우울할 것 같았기 때문이다. 나는 나이 들어도 재미있게 모양새 나게 살고 싶다.

예전에 지인 언니가 "이지야, 나는 60살이 될까 봐 무서워 죽겠어!"라고 하길래 "언니, 뭐가 무서워요? 우리는 나이 들어도 똑같을 거야!"라고 말했더니, 그 언니는 "정말 그럴까?" 하면서 웃었던 적이 있다. 말은 그렇게 했지만 한 해 한 해 나이가 들수록 나 또한 무섭다는 생각이 들곤 한다.

나이가 들어도 활기차게 더 생기 있게 사시는 분들이 있다. 내가 아는 한 분은 젊은 시절 정말 열심히 사셨다. 그분의 살아온 이야기는 한 편의 소설 같다. 그 고생스러운 시절을 인내하고 살아온 덕분에 단란한 대

가족을 이루고 사신다. 그분은 맞벌이하는 딸 내외를 돕기 위해 지방에서 올라오셨다. 어린 손주들을 돌보고, 일하는 딸이 애처로워서 집안일까지 도맡아 하셨다.

어느덧 손주들이 알아서 자기 일을 어느 정도 할 수 있을 만큼 컸을 때다. 좀 한가해졌을 거라 생각했는데. 하도 소식이 뜸하길래 전화했더니 장애인활동지원사 공부를 하고 계신다고 하셨다. 나는 "언니, 이제 우리가 곧 보호를 받아야 할 나이인데, 왜 그걸 하고 계세요?"라고 물었더니 "그냥 뭐라도 할라고!"라고 하셨다.

한참 무슨 보호사 자격증 취득하는 사람이 많기 전이었다. 언니는 남편분이 생활비도 넉넉히 주시고, 자식들도 모두 효자, 효녀라 용돈도 충분히 받으며 사신다. 돈이 없어서가 아니었다. 결국, 그분은 장애인활동지원사 과정을 수료하시고 실습을 마친 후, 장애인 여자아이를 돌보러 다니셨다. 지금은 손주들이 웬만큼 커서 지방에 있는 본가로 가셨는데, 거기에서도 뭔가를 쉬지 않고 하신다. 언니는 가끔 전화해도 언제나 씩씩한 목소리에 생기가 넘친다.

어려서부터 피아노에 대한 로망이 컸던 나는 어른이 되어서 틈틈이 피아노 레슨을 받았다. 나는 어디를 가든 피아노가 있는 곳이라면, 한 곡 정도는 멋지게 칠 수 있는 사람이 되고 싶었다. 일을 그만두고 시간이 나면서 피아노를 다시 배웠다. 이때는 좋아하는 가요 몇 곡 정도는 치고 싶다는 욕심이 생겨서였다. 피아노 소리를 들으면 괜히 기분이 좋고 힐링된다. 듣는 것도 좋지만, 내가 직접 피아노를 치는 것은 더욱 좋았다. 뭔가 할 수 있는 게 있다는 것 또한 좋았다. 10월에는 한 달 내내 〈잊혀진 계절〉을 치고, 크리스마스 무렵에는 〈크리스마스 캐롤〉을 쳤다.

피아노 한 곡을 틀리고 않고 치는 것이 얼마나 피나는 노력이 필요한 것인지, 아는 사람은 다 알 것이다. 어느 날은 가요를 치고 있는데 남편이 노래를 따라 불렀다. 중간에 자꾸 내가 틀렸더니 "노래 끊기잖아! 좀 잘 쳐봐!" 하면서 웃기도 했다.

이렇게 내가 피아노를 치는 것을 알게 된 후, 주변 지인들이 한두 명씩 피아노를 치기 시작했다. 아는 동생은 오래전에 친정집에 유물처럼 방치해두었던 피아노를 비싼 운반비를 들여 다시 가지고 왔다. 그러더니 조율사까지 불러서 다시 조율까지 했다. 지인 한 분도 이제부터라도 피아노를 치겠다며 레슨을 받고 피아노를 배우기 시작했다.

사실 나는 누구한테 배우는 것을 좋아하지 않는다. 뭘 배우러 가면 배움이 빠르고 타고난 재능이 있어 돋보이는 사람들이 꼭 있다. 하지만 나는 잘하는 사람을 보면, 나의 재능 없음을 확인하는 것 같아서 무언가를 배우러 가기가 두려웠다. 그게 뭐라고 열등감을 느끼고 심지어 자존감까지 떨어졌다. 거기에 경쟁심까지 생겨 취미 활동을 하면서 스트레스까지 받기도 한다.

한참 재즈 댄스가 유행할 때였다. 나는 몸치이긴 했지만 재즈댄스가 멋있어 보였다. 그렇게 문화센터에 등록하고 첫 수업을 갔다. 수강생들은 20~70대까지 다양했다. 나는 그 중간쯤 되려니 생각하고 용기를 냈다. 개중에는 엄마와 딸이 함께 온 사람도 있었다. 딸은 무용과 학생인 듯 보였다. 말 그대로 몸 선부터가 남달랐다. 한번은 잘하는 게 너무 눈에 띄었는지 강사분께서 따님을 따로 불러내어 수강생들 앞에서 시범까지 보이게 했다. 그것을 보면서 나는 정말 예쁘고 멋지다고 생각했다.

한번은 열심히 춤을 따라 하고 있는데, 강사분이 잠시 멈춘 후에 내게로 오더니 "회원님, 어찌 그리 뻣뻣하십니까?"라고 묻는 것이 아닌가. 나는 최대한 열심히 따라 했는데 그런 말을 들으니 좀 민망했다. 그러나 어쩔 수 없이 그냥 웃고 말았다. 내가 심하게 몸치라는 것을 알게 된 순간이었다. 그 후 이것도 아닌가 보다 하고 그만두었다.

생업이나 자기계발을 위해서 치열하게 공부해야 하는 경우도 있지만, 나의 생활을 즐겁게 하기 위해서 소소하게 취미로 무언가를 배우기도 한다. 그렇게 생각하면 세상에 재미있는 것들이 너무나 많다. 내가 생각할 때 사는 게 재미없다고 말하는 경우는 두 가지인 것 같다.

첫 번째는 외부에 의해 좌지우지되는 경우다. 뭔가 기대하는 바가 있거나, 나에게 좀 더 관심이 있길 바라는 마음이 어긋나는 경우인 것 같다. 기대하는 것이 충족되었을 때는 재미있어진다. 또한, 기대하지도 않았는데 누가 나를 알아봐주는 것은 신나는 일이다. 두 번째는 스스로의 문제다. 말로만 재미없다고 말하고 행동을 안 하는 경우다. 재미있는 것을 찾고 행동으로 움직여야 되는데 그것을 안 하는 경우다.

취미로 뭘 해도 잘하는 게 없는 나는 불행인지, 다행인지 지루한 것을 싫어한다. 이것저것 관심도, 호기심도 많은 편이다. 그러나 재능이 없다 보니 깊이가 없고, 깊이가 없다 보니 잘하는 게 없는 것은 당연하다. 나는 재능과는 거리가 멀다. 언젠가 나는 잘하는 것을 하는 게 맞는지, 잘 못해도 하고 싶은 것을 하는 게 맞는지 선택의 기로에 선 적이 있었다.

답은 좋아하는 것을 잘할 때까지 하면 그것이 천직이 된다는 것이다. 물론 그것이 먹고살아야 하는 생업이라면 이야기가 달라진다. 생업은 잘하든, 못하든 무조건 해야만 한다. 하지만 생업을 제외한 배움에서는 나는 못하는 재능을 타고나서 잘할 수 있을 때까지 한다는 것은 애초에 글러 먹었다. 하지만 깊이는 없어도 해보고 싶은 것은 해야 하는 게 나의 본성이기도 하다. 어찌 보면 참 피곤한 스타일이다.

40대 초반에는 잠시 그림을 그리러 다닌 적이 있었다. 이젤 앞에서 그림 그리는 모습이 너무 멋있다고 생각되어 나도 이젤 앞에 앉아서 그림을 그려보고 싶었다. 그때 그림을 그리러 다니는 회원 중에 나는 거의 어린 축에 들 정도로 연세가 있으신 분들이 많았다. 문화센터였지만 그림을 그리는 수준이 거의 프로에 가까웠다. 나는 그림을 그리다 말고 옆에 가서 다른 분들이 그린 그림을 구경하거나 그리는 모습을 넋을 놓고 감상하곤 했다.

그중 한 분은 그림을 그리러 2시간 동안 버스를 타고 오신다고 했다. 왕복이면 4시간이었다. 열정이 대단하다는 생각이 들었다. 평상시에는 농사를 짓고 일을 하시는데, 그림 그리러 오는 시간이 너무 좋아서 몇 년째 다닌다고 하셨다. 의외로 그런 분들이 많아 깜짝 놀랐다. 그림을 그리기 시작하면 선생님의 도움을 받아 어쨌든 진행되고 완성이 되었다. 그런데 처음 구도 잡고 스케치하는 것에 한계가 느껴졌다. 나는 1년 정도 하고 난 후 전시회까지 한 번 하고 바쁘다는 핑계로 그만두었다.

생각해보면 나는 부러운 게 참 많은 여자다. 잘하는 것은 없어도 부러운 게 있으면 또 해봐야 한다. 엄마는 우리 집 가장으로 사셨다. 돈 버느라 바쁘셨던 엄마는 소소한 살림은 잘 못 하셨다. 나는 어렸을 때 엄마가 손뜨개로 만들어준 옷을 입고 다니는 친구들이 너무나도 부러웠다. 특히 초등학교 때 친구들이 엄마가 떠준 망토를 입고 다니는 것을 보면 그렇게 부러울 수가 없었다.

'겨울에는 역시 뜨개가 제일이지'라는 생각에 지난겨울에는 아는 언니에게 손뜨개를 배웠다. 배웠다고 하기에는 사실 언니의 도움을 받아 완성한 거나 다름없었다. 그래도 한 땀 한 땀 내 손으로 직접 오버 사이즈의 조끼를 떴다. 첫 작품이지만 마음에 딱 들었다. 입고 나가면 조끼를 보며 부러움의 눈길로 바라보는 사람도 더러 있었다. 간절기에 내가 직접 뜬 옷을 입고 나갈 때면 정말 뿌듯하기도 했다.

'배우는 얼굴은 언제나 청춘이다'라는 말이 있다. 나이 먹고 뭔 공부 타령이냐고 말하는 사람도 있을 테지만, 나이 들어 하는 공부는 다르다. 일단 재미있고 삶이 무료하지 않다. 외면은 내면이 드러난 형체라고 하지 않던가! 나이를 먹는 것은 어쩔 수 없다. 그러나 유익하거나 재미있는 것을 하나씩 배우는 것은 또 다른 큰 즐거움이다. 배움으로 새롭게 내면을 채운다면, 그 생기가 무엇보다도 우리의 주름진 얼굴에 탄력을 줄 것이라 생각한다.

나를 가장
우선순위에 두자

왜 계절이 바뀔 때마다 매번 입을 옷이 없는 것인지 모르겠다. 다 갖다 버렸을 리가 없으니 옷이 없을 턱이 없다. 게다가 매년 계절별로 몇 벌씩은 샀으니 사실 쌓이고 쌓인 게 옷이다. 어떤 때는 지나간 사진을 보기도 한다. 이즈음에 내가 뭘 입고 살았나 궁금해서다.

나는 개인적으로 비싼 옷을 잘 사지 않는다. 비싼 옷은 왠지 격식을 갖춰야 하는 자리에만 입게 되거나, 관리하기 힘드니 아껴 입게 된다. 그러다 결국 몇 번 안 입고 옷장에서 혼자 낡아간다. 나는 나를 그런 비싸지만 비중 없는 옷처럼 그냥 내버려두고 살고 있는 것은 아닌가 하는 생각이 종종 들곤 한다.

나의 우선순위는 언제나 일이었다. 왜냐하면, 먹고사는 일이 가장 시급하고 중요한 일이었고, 그 일로 나를 증명하며 사는 게 최선이라고 생각했기 때문이다. 당연한 이야기다. 거의 모든 직장인이 그런 마음으로 살 것이다. 그러나 그렇게 힘들게 번 돈을 쓰는 데 항상 나보다 우선이었던 것은 나의 친정 식구였다.

결혼한 지 1년도 안 되어 나에게 법원에서 차압 딱지가 날아왔다. 힘들어도 돈을 빌려본 적이 없던 나는 황당했다. 가슴 졸이며 봉투를 열어봤더니 100만 원의 카드값이 몇 년간 연체되어 700만 원이 되어 나에게 날아온 것이다. 20대 초반에 공무원 생활을 하면서 만들었던 카드였다. 카드 발급하기가 어려웠던 언니가 자기가 사용하겠다고 해서 주었던 카드였다. 언니가 카드 대금을 못 내고 수년간 연체되었다가 결국 나에게 차압으로 날아온 것이다. 기가 막히고 어이가 없었다. 언니랑 한바탕 싸웠지만 어쩔 수 없이 결혼해서 처음 들었던 적금을 깨서 그 빚을 갚았다. 지금 생각하면 그것은 시작에 불과했다. 그렇게 시작된 친정의 가장 역할이 20년이 넘어 퇴사할 때까지 이어졌다. 밑 빠진 독에 물을 붓는 것 같았다.

2003년 가을 무렵, 태풍이 우리나라를 쓸어버린 적이 있다. 아마 '매미'였던 것 같다. 친정집도 그 태풍에 큰 피해를 입었다. 일반 주택이었던 친정은 갑자기 쓸고 내려온 토사에 휩쓸려갔다. 미리 대피했던 엄마는 괜찮으셨는데, 두고 온 것을 찾으러 가셨던 아버지는 구사일생으로 살아나셨다. 지금도 그때 생각을 하면 소름이 돋는다. 피해 소식을 듣고 바로 친정에 달려갔지만 광경은 처참했다. 모든 살람살이가 다 떠내려가고 없었다. 토사 잔재로 뒤덮인 집은 아무리 퍼내도 살 수 없는 집이 되어버렸다.

급기야 오빠와 돈을 모아 부모님을 작은 임대 아파트에 모시게 되었다. 비나 바람에 끄떡없으니 마음이 편해져 그제야 나도 발을 뻗고 살수 있을 것만 같았다. 그러나 그것도 잠시였다. 언니의 돈 사고로 몇 번이나 아파트 임대 보증서가 사채업자에게 넘어간 것을 큰돈을 들여 다시 찾아오는 것의 반복이었다. 정말 끝날 때까지 끝나지 않는 전쟁이었다. 부모님은 이런 나를 안타까워하시고 미안해하셨지만, 다른 방법이 없으니 힘들 때마다 오로지 나에게만 의지하셨다.

부모든, 형제든, 주변 사람이든 나를 힘들게 하는 사람이 있다면, 전생에 그 사람에게 갚아야 하는 빚이 있는 것이 아닌가 하는 생각마저 들었다. 카르마적 업보라고 하나. 그런 것 같았다. 나의 빚 갚기 업보는 엄마가 돌아가시면서 끝이 난 것 같다.

나는 어려서부터 아이를 낳지 말아야겠다는 생각을 했다. 이렇게 힘든 삶은 나까지로 끝내야 한다는 생각이 지배적이었다. 또한, 내가 자식을 낳아서 그 아이에게 쏟을 정성과 노력을 부모님께 하며 살아야겠다는 생각을 했다. 아마도 나의 무의식에 부모님과 형제자매에게 대한 카르마적 업을 갚아야 한다는 생각이 있었던 것 같다.

가끔 내가 다시 예전으로 돌아가면 '나는 다르게 살고 행동했을까?'라는 생각을 해보기도 한다. 다시 그때로 돌아가도 나는 여전히 부모, 형제를 위해 희생하고 더 노력할 것 같다. 그렇게 나를 힘들게 했던 언니였지만, 요즘도 언니가 즐겨 듣던 노래를 들을 때면 그리움에 눈물이

나곤 한다.

얼마 전, 엄마마저 뇌경색으로 쓰러지시면서 나의 슬픔은 극에 달했다. 그러나 큰일을 많이 치러본 나는 슬픔을 끌어안고 장례 절차에 따라 식을 치르기에 정신이 없었다. 엄마의 입관식이 끝나고 나는 엄마의 영정 사진 옆에 엄마가 좋아하시던 음악을 틀어놨다. "엄마, 노래 들으면서 뒤도 돌아보지 말고 콧노래 부르면서 즐겁게 가세요"라고 틈날 때마다 엄마의 영정 사진을 보며 말했다. 정말 엄마가 좋은 곳으로 편하게 가시길 기원하면서.

그런데 참 놀라운 일이 있었다. 장례가 끝나고 일주일 후 절에 모셔둔 엄마를 보러 갔다. 절을 하고 나서 엄마의 영정 사진을 봤는데, 사진이 뭔가 바뀐 줄 알았다. 사진 속 엄마는 덧칠해놓은 것처럼 얼굴이 뽀얗고 미소를 짓고 계셨다. 사진이 뭐가 달라졌나 하고 몇 번을 다시 보곤 했다. 나중에 상조회 소장님께 전화가 왔길래 그 이야기를 했더니, "사진이 그렇게 보였다면 엄마가 진짜 좋은 곳에 가신 거예요"라고 말해주었다. '그럴 수도 있구나'라는 생각을 했다. 상조회 소장님은 나 같은 딸은 처음 봤다며 시간 될 때 소주라도 한잔 하자고까지 말씀하셨다.

엄마가 돌아가시고 나서 나는 이 세상을 정말 잘 살아야겠다는 생각이 들었다. 왜 그런지는 모르겠다. 이 세상에 살면서 내 몫을 다하지 못하거나, 다른 사람에게 피해를 끼치면 다시 태어나서 똑같이 고생할 것 같다는 생각이 들었다. 예전에는 나도 이번 생을 끝으로 다시는 태어나고 싶지 않다고 생각하며 살았다. 그러나 그것은 알 수 없는 영역이다. 어쨌든 다시 태어나든, 아니든 이번 생은 우등생으로 살다 가야겠다는 생각이 강하게 들었다.

어쩌면 지금까지의 내 인생에서 우선순위는 부모님이셨다. 그러나 이제 나는 나를 우선순위에 두고 살아야겠다는 생각이 든다. 나를 우선순위에 둔다는 것은 나만 위하는 이기적인 삶을 산다는 말은 아니다. 그것은 이 세상에 내가 온 이유를 깨닫고, 주체적으로 움직이며 산다는 의미다.

몇 년 전, 혼자 베트남 다낭을 여행한 적이 있다. 여기저기 혼자 잘 다니게 된 나는 다낭이 혼자 가기에 좋다는 이야기를 듣고 바로 떠났다. 나는 현지에 가면 그 나라의 전통 의상을 준비해서 입고 다니곤 한다. 그래야 그 나라를 체험하는 느낌이 더 잘 와닿았다. 다낭 여행에서도 나는 시장에 가서 전통 의상을 사서 입고 혼자 여행을 만끽하고 다녔더니 패키지로 함께 간 다른 일행들도 모두 한 벌씩 사서 입어 마치 한 팀인 것처럼 보였다.

다낭 여행을 하며 기억에 남는 순간이 있다. 다낭의 '바나힐'에 갔을 때다. 바나힐은 우리나라의 에버랜드 같은 곳이다. 프랑스의 식민지였던 다낭은 프랑스 군인들에게는 너무 더운 곳이었다고 한다. 그래서 시원한 높은 지대에 프랑스 군인들의 휴식처로 만든 곳이 바나힐이라고 안내자가 알려주었다.

바나힐은 높은 지대다 보니 쉽게 날씨가 변하곤 했다. 도착했을 때는 해가 쨍한 맑은 날씨였는데, 잠시 둘러보고 있는 사이 갑자기 온 사방이 안개로 자욱하게 뒤덮였다. 그 순간, 어디선가 아는 한국 노래가 들려왔다. 다가가 보니 외국인 두 분이 아코디언과 피리 같은 것으로 가수 이승철의 〈그런 사람 또 없습니다〉를 연주하고 있었다.

홀로 여행 온 나는 그 노래를 들으며 너무 행복했다. 그 순간 떠오르는 남편 얼굴! 나에게 남편은 그런 사람 또 없는 사람이었다. 나는 순간 눈물을 흘렸다. 나의 이런 기질을 이해해주고, 혼자 여행하는 데 불편함이 없도록 세심하게 챙겨주는 남편이 정말 고마웠다. 여행을 마치고 집에 돌아와서 그 말을 했더니 남편은 "혼자 여행 다니기 미안하니까 별소리를 다 하네"라며 웃었다.

나를 내 삶의 우선순위에 두지 않으면, 다른 사람이 내 삶의 우선순위가 된다. 그러면 사는 것이 불만스럽고, 다른 사람을 탓하며 살게 될 것이다. 무엇보다 소중한 나의 인생이다. 내 인생 내가 나서서 잘 살고, 거기에 대한 모든 책임을 내가 지고 사는 삶, 나는 나로 인해 내가 행복한 삶을 살고자 한다.

2장

나만의 속도로
나답게 살자

멈추고 비워내면
보이는 것들

바쁘다는 말이 훈장처럼 느껴질 때가 있었다. 과거의 나에게는 바쁘다는 말이 잘나가는 사람이라는 인상을 주기도 했다. '사회가, 세상이, 사람들이 꼭 필요로 하는 중요한 사람이다'라는 생각도 갖게 했다. 일이 아니면, 성공이 아니면, 바쁘지 않으면, 삶의 루저처럼 느껴지기도 했다. 뭔가 나를 누르고 옥죄지 않으면 안 될 거 같아서 늘 조급하고 나를 닦달하며 살았다. 그러나 다람쥐 쳇바퀴 돌 듯 달리고 달려도 계속 그 자리였다. 그래도 달리지 않으면 뒤처지고 도태될 것 같았다.

요즘도 한가롭게 백수 같은 생활을 하다가 가끔 자괴감이 들곤 한다. 그러면 나는 남편한테 "할 일 없이 백수처럼 사니까 나 바보 같지 않아?"라고 물어본다. 그러면 남편은 "얼마나 좋아! 하고 싶은 거 하면서 쉬고 잘 놀면 되는데, 모든 사람이 꿈꾸는 로망이야" 하며 위로 아닌 위로를 해준다.

과거에 종종 오빠들과 친정에 가곤 했다. 그러면 모두가 마치 병든 닭처럼 먹고, 자고, 먹고, 자고를 반복하다 집으로 돌아왔다. 피곤하다는 말이 입에서 떠나질 않았다. 그러면 엄마는 웃으시면서 "아니, 서울 사는 사람들은 죄다 잠을 안 자고 사나 보네. 한 번씩 집에 오면 정신을 못 차리고 잠만 자다 가네"라고 말씀하시며 피곤해하는 자식들을 애처롭게 보시곤 했다.

나는 20년 넘게 다니던 직장을 그만두고 혼자 여기저기 여행을 다녔다. 일을 그만두고 제일 먼저 한 것은 나 홀로 여행이었다. 그것도 가장 먼 나라를 가보기로 했다. 일을 그만두자마자여서 같이 갈 만한 사람이 없었다. 주변의 친한 사람들은 대부분 일하고 있었고, 시간을 낼 수 있는 사람 또한 없었다.

나는 일단 미국 서부를 가기로 했다. 처음 가는 나 홀로 여행이라니…. 두렵고 떨리긴 했지만 언젠가 지인분이 그랜드캐니언에서 찍어 올린 프로필 사진을 보고 나도 그곳에 가서 멋진 인증샷을 찍어보고 싶었다. 그런 소망이 혼자 멀리 가는 여행의 두려움을 넘어서게 했다.

혼자 갔던 미국 서부 여행은 나에게 큰 의미가 있다. 그 여행을 통해 나는 처음으로 나 자신을 들여다보게 되었다고 해도 과언이 아니다. 두렵고 설레는 마음으로 공항에서 비행기 보딩을 기다리는데, 갑자기 2시간이나 연착된다는 안내 방송이 흘러나왔다. 아뿔싸, 2시간을 기다려야 한다니…. 그제야 홀로 하는 여행에 대한 두려움이 확 밀려왔다.

'이걸 가야 하나. 그냥 집으로 돌아가야 하나…' 고민이 깊어지면서 가슴이 콩닥콩닥 뛰었다. 비행기가 연착되지 않았으면 그냥 용기를 내어 떠났을 것이다. 그런데 연착된 비행기를 기다리는 시간이 그 먼 나라에 처음으로 홀로 간다는 두려움을 커지게 만든 것이다.

항공사에서는 비행기 연착 보상으로 저녁 식사 쿠폰을 나눠 주었다. 나는 입맛조차 없어진 상태였다. 쿠폰으로 뭘 할까 두리번거리는데 도넛 가게에서 사은품으로 주는 인형이 눈에 띄었다. 인형이라도 있으면 왠지 의지가 될 것 같았다. 나는 그 인형을 받겠다는 심산에 쿠폰으로 도넛을 샀다. 나이 50살이 넘어서 인형을 끌어안은 어른애가 되어 미국 여행길에 오른 것이다.

그렇게 두려움을 가라앉힌 채 탑승만 하면 미국까지 갈 거라고 믿으며, 눈 딱 감고 비행기에 올랐다. 비행기의 내 좌석은 앞이 꽉 막힌 맨 앞자리였다. 양옆에는 보통 사람의 1.5배 되는 체구의 남자분들이 앉았다. 나는 한껏 움츠린 채 두 눈을 꼭 감고 잠을 청해봤다. 그렇게 두려움과 정면으로 맞서며 나 홀로 여행이 시작되었다.

혼자 가는 여행은 쓸쓸하고 외롭고 두려웠다. 그 감정은 내가 감당하면 된다. 그런데 패키지여행을 온 다른 일행들의 이상한 눈초리까지 받아내려니 처음에는 상당히 불편하고 힘들었다. 그들은 '저 여자는 무슨 사연이 있어 혼자 여행을 다니나?', '큰일이라도 있나?' 하는 걱정과 의심의 눈빛을 보내왔다.

그들 중 엄마와 딸이 함께 온 팀이 있었다. 나중에 친해진 후, 그 엄마는 나에게 처음에는 어디가 많이 아프거나 죽을병에 걸려서 혼자 마지막 여행을 온 줄 알았다고 했다. 나는 빵 터졌다. '그렇게 생각할 수도 있겠구나' 싶었다.

미국에 도착하자마자 간 곳은 영화 <라라랜드>의 배경이 되었던 그리니치 천문대였다. 영화를 너무 재미있게 봐서인지, 영화 촬영 장소가 여행 상품 패키지에 들어 있어서 마음이 확 끌렸다. 밤늦게 도착해서 야경으로만 본 라라랜드는 영화의 그런 감흥은 주지 못했다.

다음 날 일정에서 눈에 딱 들어온 것은 'HOLLYWOOD' 입간판! 그것을 보는 순간 '아! 내가 진짜 그 미국에 온 거구나'라는 실감이 났다. 어려서부터 영화에서만 봐왔던 그 글씨를 보는 순간, 혼자라는 외로움과 쓸쓸함은 온데간데없이 사라졌다. 대신 자유롭고 신나는 나 홀로 여행이 시작되었다.

공항에서의 두려웠던 마음, 먼 여행지에서 첫날 느꼈던 쓸쓸하고 적막한 외로움! 나는 그것이 무엇을 의미하는지 알게 되었다. 그것은 나를 만나고 나를 알아가는 첫 과정이었다. 그것은 두려움을 당당히 마주하면, 즐겁고 행복하고 자유로운 나를 발견하는 기회가 주어진다는 깨달음이었다. 기회는 이렇게 두려움과 함께 왔다.

가장 좋았던 것은 샌프란시스코의 금문교를 혼자 걸을 때였다. 다리는 왕복 2시간 거리였다. 1시간 동안 나 홀로 바람을 만끽하며 걸을 때는 세상 어느 것도 부럽지 않았다. 혼자 걸으니 주변 풍경과 강물을 가르며 오가는 유람선과 다리의 생김새와 철근 구조와 굵기까지, 모든 게 다 눈에 들어왔다. 그렇게 걷고 있는 나 스스로가 멋지게 느껴졌다. 지나가는 현지인에게 부탁해서 사진도 찍었다. 금문교를 지지하고 있는 철근을 보며 나도 저 정도는 단단한 사람이 되어야겠다는 생각도 가졌다.

혼자 가는 여행은 떠나기 전, 낯선 곳에 대한 두려움과 적적함을 느낄 수도 있다. 하지만 많은 것을 보고, 듣고, 느끼게 되는, 진짜 나를 위한 여행이 될 수도 있다. 물론 누군가와 함께 가는 여행은 그야말로 행복과 즐거움 그 자체다. 대신 혼자 하는 여행은 오로지 나 혼자만의 체험인 만큼 내가 나를 위하는 방법이 무엇인지, 내가 무엇을 좋아하는지, 어떤 상황에서 어떻게 행동하는지를 잘 알게 된다. 또한, 여행에서 돌아오면 혼자 무언가를 해냈다는 뿌듯함과 무엇이라도 할 수 있다는 자신감, 두려움에 맞서는 용기 등을 갖게 된다.

지금 생각해도 무모할 정도로 나에게는 큰 모험이었다. 뭐든 안 한 사람은 있어도, 한 번밖에 안 한 사람은 없는 것 같다. 그 이후에도 나 홀로 여행은 코로나 시대 이전까지 계속되었다. 20년 넘게 해오던 일을 멈추고 혼자 여행을 다니며 나를 옥죄고 있던 모든 것들을 비워내는 법을 알게 되었다. 그제야 세상이, 사람들이 보이기 시작했다. 그리고 편안해진 내가 보이기 시작했다.

용기 내어 혼자 갔던 미국 서부 여행은 나에게 많은 깨달음을 주었다. 그동안 나 같지 않은 모습으로 '이게 아닌데…'를 되뇌며 살던 날들로부터 나를 해방시켜준 기회였다. 말 그대로, 인생에 제동을 걸고 세상과 나를 보게 해주었던 최고의 경험이었다.

계절이 바뀔 때마다 옷장 정리를 하면서 왜 매번 옷이 없는지 알게되었다. 일단 옷이 너무 많았다. 옷이 쌓이고 쌓이다 보니 뭐가 있는지 몰라서 사고 또 쌓이고의 악순환이다. 돈은 돈대로 쓰고, 공간은 쓸데없는 것에 내주며 비좁게 살고 있었다. 어느 날, 안 입는 옷을 버리고 나서야 입을 수 있는 옷이 딱 보였다. 공간의 여유가 생기니 내 마음도 편하고 여유가 생겼다.

사람도 비워내면 더 좋은 새로운 사람으로 채워진다. 일도 마찬가지다. 이 일 아니면 안 될 거 같은데, 나에게 더 맞는 일이 생기기도 한다. 또 다른 기회가 우연찮게 다가오기도 한다. 이미 꽉 채워진 상태에서는 새로운 것에 자리를 내줄 틈이 없는 것이다. '새 술은 새 포대에 담아라'라는 말이 있다. 과감하게 멈추고 비워내야 할 때가 있다. 그 시기는 내가 정하면 된다.

50대,
마침표가 아니라 쉼표다

태어나서 성장한 시기에 5를 곱하면 자기의 수명이라는 수명 계산법을 들은 적이 있다. 성장한 시기를 20살로 본다면 100살이 수명이고, 25살까지를 성장한 시기로 본다면 125살이 수명이 된다는 것이다. 이런 계산법이 아니더라도 의술과 잘 짜인 건강관리 시스템으로 지금 우리는 100세 시대를 살고 있는 것은 확실하다.

나이가 들수록 사람은 더 똑똑해지는 것 같다. 그간의 살아온 경험과 쌓인 지혜가 그렇게 만든다. 머리는 갈수록 똑똑해지는데, 몸의 기능은 떨어진다. 어찌 보면 덜 지혜롭지만 신체 기능이 왕성했던 이전과 비교할 때, 50대는 그 가운데 있다고 본다. 지금 50대를 살아가는 우리의 인생을 바라보는 관점은 마침표인가, 아님 쉼표인가?

지금부터 인생을 마침표로 생각한다면, 그것은 자기 인생의 반을 버리는 셈이다. 그것이 나의 관점이다. 사실 삶이 살수록 더 좋아진다는 생각이 든다. 여유도 생기고 주변을 바라보는 시야도 생긴다. 어떻게 살아야겠다는 생각도 정립된다. 나는 지금까지 살아온 중에 지금이 제일 좋다고 감히 말할 수 있다. 영화 <레옹>을 보면 여주인공 소녀가 "사는 게 이렇게 힘든가요? 아니면 어릴 때만 그런 것인가요?"라고 묻는다. 나도 어릴 때는 빨리 어른이 되고 싶었다. 그러면 나의 의지로 잘 살 수 있을 것 같았다. 그런데 나이 50살이 넘어서 이제야 좀 어른이 된 것 같다.

그런 마음이 드니 어제보다 오늘이 좋고, 좀 전보다 지금 이 순간이 좋다. 앞으로도 그럴 것 같다. 아니, 사는 내내 죽을 때까지도 그럴 거 같다. 그것은 내가 긍정적인 사람이기 때문이 아니다. 그렇게 생각하면 그렇게 된다. 지금 잠시 겨울이라고 모든 게 겨울로 끝나는 것은 아니듯이 말이다. '겨울은 여름이 잠자는 시기'라고 누군가 말했다. 겨울에 대해 정말 멋지게 표현한 말이다. 겨울은 끝이 아니다. 시작을 위한 에너지를 모으는 시기다. 나는 50대가 그런 때라고 생각한다.

보통 10대를 질풍노도의 시기라고 한다. 하지만 나는 20대가 질풍노도의 시기였다. 20대는 모든 것이 혼란스러웠고, 확실해 보이는 게 없었다. 어떤 일을 하며 살아야 하는지, 아니 어떤 일을 해야 안정적으로 먹고살 수 있는지 고민이 많았다. 또한, 내가 어떤 사람인지 나에 대한 정체성도 없었다. 모든 게 막연하고 모호했다. 별 볼 일 없던 과거를 지나 갖춰진 것 하나 없이 이리저리 방황했던 시기였다. 완벽한 자립도 못했고, 가고자 하는 인생의 방향도 없었다. 그 누구도 말해주는 사람 없이 그나마 책에만 의존하고 살았다.

우리 집은 아버지의 사업에 대한 지나친 포부 때문에 생활이 늘 불안정하고 어려웠다. 한 방에 노다지를 캐고자 했던 아버지는 딸린 식솔들을 제대로 건사하지 못하고 헛된 꿈만 꾸다 온 가족을 지치게 만들었다. 평생 불안정한 생활을 해야 했던 엄마는 자식들이 안정적인 월급쟁이가 되는 게 꿈이셨다.

20대 초반, 공부의 끈을 놓지 못하고 도서관을 학교보다 더 열심히 다니던 시절이 있었다. 우연히 본 신문에 공무원 시험 공고가 났길래 지원했다. 나는 120명 모집에 우수한 성적으로 1차 발령을 받고, 공무원 연수원에 입소했다. 그런데 연수원 원장님의 환영사 말씀이 나를 혼란스럽게 했다. 아니 혼란스럽다기보다는 자괴감이 들게 했다는 표현이 맞을 것 같다. "이번 공무원 시험의 합격자 중 대학 졸업자가 85% 이상입니다. 공무원의 수준이 높아져서 매우 고무적이라고 생각합니다"라는 말씀이셨다.

그 순간 '아…, 그럼 나는 15%에 해당하는 고졸이구나'라는 생각에 스스로 부끄러웠다. 물론 4년 동안 대학까지 마치고 온 사람들이나 고등학교밖에 졸업하지 못한 나나 결과는 똑같으니 내가 더 잘한 것 아니냐는 생각을 할 수도 있었다. 그러나 나는 그 15% 중 한 명이라는 생각이 들어 자존심이 상했다. 그렇게 시작했으니 당연히 얼마 못 가서 대학을 가야겠다는 생각으로 공무원 생활을 미련 없이 그만두었다.

엄마가 바라시던 공무원을 그만두고 대학에 갈 수 있었던 것은 아버지의 물질적 뒷받침보다 정신적인 영향력이 컸다. 돈은 없어도 배짱 하나는 하늘을 찌르는 분이셨다. 여자니까 더 배워야 한다는 아버지의 정신교육은 내 삶의 정신적인 근간이 되었다. 하여튼 나의 20대는 자리 잡지 못한 위태로운 시기였다.

30대는 그나마 주어진 길이 내 길이라 생각하고, 의심 없이 열심히 살았다. 또 한 번의 위기는 사실상 40대였다. 그동안 다그치며 살았던 내 몸이 40대 중반이 되자 반항하기 시작했다. 일에 익숙해져 해야 할 일만 잘 해내면 되었다. 그러나 갱년기와 함께 몸의 모든 균형이 깨지고, 몸이 무너지다 보니 정신도 허약함의 끝을 달렸다. 그때부터는 버티며 살았다 해도 과언이 아니었다. 나의 40대는 그랬다.

스페인에 여행을 갔다가 그 나라의 독특한 풍습을 알게 되었다. '낮잠'을 의미하는 '시에스타'라는 문화였다. 낮 1시부터 3시까지 모두가 낮잠을 자는 시간이라고 했다. 원기를 회복해서 지적·정신적 능력을 향상시키는 게 목적이라고 가이드분이 말해주었다. 그래서 관공서나 가게들이 그 시간을 휴식시간으로 정하고 영업을 안 한다고 했다.

늘 바쁘고 빨리를 외치는 우리나라와는 너무나 다른 문화여서 그저 놀랍고 부러울 뿐이었다. 모든 일에 시간의 효율성을 따지는 우리와는 달라도 너무 달랐다. 아예 그렇게 정하고 모두가 휴식을 취하는 그들의 문화에 손뼉을 쳐주고 싶었다. 잠시라도 긴장하거나 눈치 보지 않고 쉴 수 있다면, 직장 생활이 더 효율적이 되어 더 안정적으로 일하는 환경이 조성될 것 같다.

어느 날, 산책 삼아 길을 걷고 있었다. 아무 생각 없이 걷고 있는데, 신호등의 빨간불이 눈에 들어왔다. 차도 거의 다니지 않는 좁은 건널목이라 그냥 갈 수도 있었다. 아니면 건널목 옆으로 돌아서 건널 수도 있었다. 빨간불 앞에 사람들이 서 있었고, 나도 그 옆에 서게 되었다. 그 순간, 가던 길을 멈추고 잠시 서 있는 게 참 편하다는 생각이 들었다. '굳이 왜 돌아서라도 가려 했을까? 이렇게 잠시 멈췄다가 가면 되는데' 라는 생각이 들었다. 삶에도 멈출 수 있는 시간이 있으면 좋겠다는 생각이 들었다.

멈추고 신호를 기다리다 보니 옆 사람도 보이고 멀리서 오는 차도 눈에 들어왔다. 나무도, 건물도 보였다. 계속 걸을 때는 그냥 앞만 주시하고 걸었다. 잠시 멈추고 서 있는 동안 주변이 보였던 것이다. 잠시 후 신호등이 파란불로 바뀌자 신호등 앞에 기다리던 사람들은 분주히 움직이며 제각기 갈 길을 갔다. 잠시였지만, 많은 것을 깨닫게 하는 순간이었다. 인생에도 이런 쉼표가 있어야겠다는 생각이 들었다.

예전에 학원에서 수업을 정말 잘하는 강사가 있었다. "원장님, 저는 학교로 안 가고 학원에서 일하길 정말 잘했다는 생각이 들어요. 학원은 안 맞으면 옮기면서 좀 쉴 수 있는데, 학교는 정년퇴직까지 아까워서 계속 다녀야 하잖아요!"라고 말한 적이 있다. 가정 살림에 애들 뒷바라지에, 만만찮은 직장 일을 해낸다는 게 결혼한 여자들을 많이 지치게 하는 것도 사실이다.

살면서 스스로 쉼표를 찾는 것은 쉽지 않다. 쉬면 그게 끝일 것 같은 불안감도 든다. 다시는 일을 못 할 지도 모른다는 두려움도 생긴다. 당장 일을 그만두면 벌어놓은 것도 없이 막막해질 수도 있다. 사실 누구에게나 일을 그만두고 쉰다는 것은 어렵다. 인생의 쉬어가는 시기를 스스로 계획하고 준비한다면 참 좋을 것 같다. 그래서 어떤 상황에 밀려 중도 하차하듯이 그만두는 것보다 내가 내 인생의 쉼표를 정할 수 있다면 좋겠다. 나는 모든 에너지가 고갈된 상태에서 준비 없이 모든 일을 그만두고 말았다. 나의 모든 것이 바닥난 상태이다 보니 회복하기도 쉽지 않았다. 그럼에도 불구하고 나는 잃은 것보다 얻은 것이 많다고 생각한다.

일을 그만두고 내가 뒤처진다는 생각은 하지 않았다. 불안감도 두려움도 없었다. 나는 나를 관찰하는 입장이 되었다. 말 그대로 그냥 나를 바라봤다. 시간이 주어지면 내가 뭐하고 시간을 보내는지, 다른 사람들과는 어떻게 지내는지, 무엇을 할 때 행복해하는지 등, 조금만 용기를 내면 할 수 있는 일이 많다는 것도 알게 되었다. 내가 움직이려고 하면 주변에 도와주려고 하는 사람들도 생긴다. 뜻이 있는 곳에 길이 있고, 하늘은 스스로 돕는 자를 돕는다고 하지 않던가?

삶은 스스로의 생각대로 살아진다. 찾지 않으니 못 찾는 것이다. 움직이지 않으니 아무 일도 안 생기는 것이다. 간절하지 않으니 실행하지 않게 되는 것이다. 문제는 외부에 있는 것이 아니라 언제나 내 안에 있는 것이다. 인생에 쉼표를 만들고 쉼표마다 '점'이라도 찍어보자. 그 점들이 어느 순간 나에게 꿈이라는 새로운 공간을 기꺼이 만들어줄 거라 믿는다.

인정받는 사람보다
인정해주는 사람이 되라

우리는 왜 성공에 목마르고 부자가 되려고 애를 쓰는 것일까? 과시를 위해서? 사랑받고 존중받기 위해? 그런데 이렇게 인정받고, 칭찬받고, 사랑받고자 하는 마음을 스스로 탓할 필요는 없다. 사람이라면 누구나 가진 본질적 요소다. 유명한 심리학자 매슬로(Abraham H. Maslow)가 정의한 인간의 기본 욕구 중에 당당히 네 번째 요소이니 말해 무엇할까? 어찌 보면 세상이 이렇게 발전하고, 사람이 진화한 그 저변에 인정 욕구가 강하게 자리 잡고 있어서 가능했던 것이리라.

다른 나라를 여행한 사람들의 이야기를 들어보면 공감 가는 이야기가 많다. 어느 나라를 가봐도 우리나라가 제일 살기 좋고, 우리나라 여자들이 제일 예쁘다는 것이다. 나도 공감하는 바다. 어느 날, 지하철을 탈 일이 있었다. 지하철 좌석에 앉아 있다 보면 그 공간에 같이 있는 사람들을 둘러보게 된다. 나는 앉아서 찬찬히 사람들을 관찰했다. 딱 떨어지게 예쁜 모습을 보고 '깎아놓은 밤' 같다는 말을 하곤 한다. 지하철 안에 있는 사람들이 내 눈엔 모두 깎아놓은 밤 같아 보였다.

어느 누구도 안 괜찮아 보이는 사람이 없었다. 나는 속으로 '우리나라 생활 수준이 높아서 다들 이렇게 잘 꾸미고 다니나?'라는 생각도 했다. 생김새를 떠나서 어떤 사람을 봐도 평균적으로 잘 가꾸고 다듬고 다니는 것처럼 보였다. 자기에게 어울리는 것은 어찌나 잘 골라 입고 다니는지 놀랍기까지 했다. 한 사람, 한 사람이 참 잘 꾸미고 다니는 듯했다. '아…, 그래서 어디를 가나 우리나라 여자들이 예쁘다고 하는구나!' 하는 생각이 들기도 했다.

하물며 패션의 도시 파리나 밀라노에서 화장품이나 명품이 출시되면 가장 먼저 우리나라에 들어온다는 이야기를 들은 적이 있다. 우리나라에서 반응을 보면 실패할지, 성공할지 알 수 있다는 이야기였다. 그만큼 패션에 빠르고 감각이 뛰어나다는 것이다. 우리는 어느 나라보다 치열한 경쟁 시대를 살고 있다.

시아버지가 일찍 돌아가셔서 제사를 지내다 보니 시댁은 셋째 집임에도 불구하고 항상 큰집 역할을 한다. 결혼해서 거의 매년 세 번씩은 제사를 지냈다. 좀 적당히 음식을 하고 싶어도 솜씨 좋은 어머니의 음식을 맛볼 기회라며 오시는 친척들의 기대를 저버릴 수가 없다.

계절 불문하고 어머니께서 가장 신경 쓰시는 음식은 '산적고기'와 '오이소박이'다. 이 두 가지가 맛있으면 모두 끝난 것이다. 그러면 어머니의 음식 솜씨는 찬탄을 받는다. 동시에 나에게는 화살이 날아온다. "아가야, 너는 언제 어머니의 음식 솜씨를 배워 따라 할래? 어머니께 잘 배워둬라!"라고 한마디씩 하신다.

언젠가 한번은 산적 고기에서 시큼한 맛이 난 적이 있었다. 맛이 살짝 이상하다고 느낀 친척들이 덜 먹어서 많이 남았다. 어머니는 고기가 연해지라고 여느 때보다 매실청을 조금 더 넣으셨다고 하셨다. 모두가 돌아가고 난 후, 남편은 "엄마, 왜 그렇게 매실청을 많이 넣어서 비싼 고기를 망쳤어요? 다들 젓가락이 안 가잖아요?"라고 말했다. 그 순간 나는 당황했다. 아니, 그럴 수도 있지. 안 그래도 속상하신데 꼭 그렇게까지 말을 해야 하나 싶었다.

누구나 인정받고, 칭찬받고, 사랑받길 원한다. 아니라고 해도 잘 생각해보면 그렇다. 외딴섬에 아무도 없이 혼자 사는 게 아닌 이상, 늘 우리는 인정에 목마른 사회에 살고 있다. 인정에 대한 법륜스님의 말씀이 생각난다.

첫 번째로 인정에 목마른 사람은 어린아이라고 한다. 사람은 동물 중에 참 나약하게 태어난다. 갓 태어난 아기는 우는 것밖에 할 수 있는 것이 없다. 갓 태어난 아기는 스스로 먹고 걷기까지 다른 동물에 비해 오랜 시간이 걸린다. 그러다 보니 아기는 자신을 먹여주고 씻겨주며 보호해주는 엄마에게 잘 보여야 한다. 엄마의 칭찬과 인정에 따라 본인을 맞추며 자라게 되는 것이다. 갓 태어났지만, 살아야 하니 본능적으로 엄마가 좋아하는 것에 맞춰서 반응한다는 것이다.

또 다른 인정에 목마른 부류는 종이라고 한다. 자기에게 돈을 주고 생계를 유지하게 해주는 주인의 말을 잘 들어야 한다. 오직 주인의 눈에 들어 야단맞지 않고 인정받기 위해서만 일을 한다는 것이다. 뭐가 되었든 주인 말만 잘 듣고 인정받으면 되는 게 종의 신분인 것이다. 어찌 보면 우리가 사는 사회도 그렇다. 나보다 위에 있는 사람에게 인정받는 것을 최우선시하며 살고 있는지도 모른다. 나의 시간과 내 가족과 심지어 '나'라는 존재까지도 희생하면서 말이다.

《칭찬은 고래도 춤추게 한다》라는 제목의 책이 한때 엄청나게 칭찬 열풍을 일으킨 적이 있다. 어디나 인용되고 웬만하면 읽었을 책이다. 나도 한때 직원이든, 학생이든 관리하는 방법으로 칭찬의 기술을 공부하기도 했다. 사실 동기부여를 하기에 칭찬만큼 좋은 것은 없다. 칭찬이 좋은 것은 자신감을 갖게 해주기 때문이다. 일을 하다 보면, 뭔가 열심히 해도 잘 안될 때가 있다. 나름 꼼꼼하게 한다고 해도 실수가 생기기도 한다. 그럴 때 한마디의 비난은 정말 힘들게 한다. 자신감과 자존감도 바닥을 친다. 때로는 절망감을 주기도 하고, 해도 안 된다는 포기마저 하게 만들기도 한다.

그러나 반대로 잘하고 있다는 칭찬 한마디에 세상을 다 가진 것 같고, 무엇이든 할 수 있다는 자신감이 생기기도 한다. 많은 사람들이 예쁘다는 말 한마디를 듣기 위해 시간과 돈과 노력을 들인다. 보기보다 괜찮은 사람이라는 인상을 주기 위해 자기계발도 열심히 한다. 배려심 깊은 사람이라는 말을 듣기 위해 항상 양보하고 타인을 먼저 생각하는 습성도 들었다. 사회생활 잘한다는 말을 듣기 위해 못 마시는 술도 토하면서까지 마신다. 일 잘한다는 말을 듣기 위해 이 악물고 기를 쓰고 하기도 한다. 그러니 인간의 기본욕구 중에 네 번째가 인정이다.

어느 순간, 나는 '칭찬도 좋지만 그렇게 춤춰야 하는 고래는 얼마나 힘들까?'라는 생각이 들었다. 나는 '그렇게들 원하는 인정! 받으려 하지 말고 해주는 사람이 되자!'라는 방향으로 생각을 바꾸었다.

가장 빨리 부자 되는 방법이 있다. 불편을 해소해줄 것, 필요한 것을 충족시켜줄 것, 문제를 해결해줄 것! 이 세 가지에 맞추고 상품을 만들거나 서비스를 제공하면 성공할 수 있는 사업이 된다는 것이다. 그래서 한경희 생활연구소의 한경희 대표도 평범한 가정주부에서 대기업을 이끄는 CEO가 될 수 있었다. 고객의 니즈를 제공하면 되는 것이다.

나는 내 주변에 있는 사람들을 나의 고객이라고 생각하고, 내가 고객을 대하는 태도를 바꾸기로 했다. '사람들이 좋아하는 게 뭘까?' 가장 기본적인 것이 인정받는 것이라는 것을 알았다. 그래서 나는 인정받기보다 인정해주는 사람이 되는 것을 택했다. 그러다 보니 어떤 사람을 만나도 그 사람의 장점이 더 많이 보인다. 그렇게 생각하니 그냥 봐주면 되고, 들어주면 되니 나도 편했다.

SNS에서도 마찬가지다. 대부분 사람은 마음에서 우러나와 다른 사람의 포스팅에 환호하며 '좋아요'를 누른다. 그러나 내가 올린 포스팅에 '좋아요'를 받기 위해 보지도 않고 다른 사람의 글이나 사진에 '좋아요'를 누르는 경우도 많다. 어찌 보면 SNS상에서의 '좋아요'는 현대판 품앗이 같다는 생각이 들 때도 있다. 때로는 어떤 글을 올리고 거기에 얼마나 사람들이 호응하고 '좋아요'를 눌러주는지에 따라 그날의 기분까지 오르락내리락하기도 한다. 거의 중독이다.

우리는 어린아이도, 주인을 섬겨야 하는 종도 아니다. 인정받기 위해 나를 힘들게 하지 않았으면 좋겠다. 그냥 인정해주는 사람이 되면 주변과 내가 생각보다 편해진다는 것을 알게 될 것이다. 그러니 타인의 기준에 맞추기 위해 너무 애쓰지 말자. 그 노력을 대신 나에게 더 집중하며 살면 더 멋진 중년이 되지 않을까 한다.

관계도
적당한 거리가 필요하다

세상을 사는 동안 어떠한 관계도 맺지 않고 살 수는 없다. 모든 것은 관계에서 비롯된다. 사실 사람이 문제가 아니라 관계가 문제다. 그러다 보니 어떻게 정의를 내려도 정의가 안 된다. 평생 조율하며 가야 하는 게 사람과의 관계다. 고민한다고 크게 달라지지도 않는다.

일할 때 고민과 걱정의 절반은 사람 때문이었다. 어느 직장이나 마찬 가지겠지만, 사람을 상대해야 하는 서비스 관련업은 특히나 그 스트레스가 심하다. 내가 일한 학원도 교육서비스업이다. 학생도, 학부모도, 강사도, 운전기사를 포함한 직원들도 모두 사람이다. 그러다 보니 마음 편할 날이 거의 없었다. 언제 어디서든 문제가 툭툭 터진다. 그러다 좀 조용하면 그게 더 불안해지기도 했다. 폭풍전야처럼 뭔가 큰 문제가 웅크리고 있는 것 같아서 조용하면 조용한 대로 조마조마하고 노심초사했다.

관계에 시달린 덕분인지, 아니면 내가 그만큼 나이가 들어서인지는 모르겠다. 일을 그만두고 만나는 관계에서는 오히려 크게 어려움이 없었다. 웬만하면 다 웃어넘기면 될 일이었다. 정확히 이야기하면 나랑 안 맞거나 피곤한 사람을 안 만나도 되는 환경이 되었다는 게 맞을 것이다. 자연스럽게 편한 사람, 서로 인정해주는 사람만 만나게 되는 것은 나이가 주는 선물 같았다.

결혼한 여자들은 보통 임신을 하면서부터 그에 따른 관계가 형성된다. 산부인과 병원 동기나 조리원 동기부터 시작되어 아이가 커가면서는 유치원맘 동기, 초등학교맘 동기, 학원맘 동기 등, 주로 아이한테 맞춰서 관계가 형성된다. 아이를 위해 정보를 공유하며 아이들과 함께 엄마들도 돈독한 사이가 된다.

조카가 어렸을 때, 시누이네와 같은 아파트에 산 적이 있다. 아침에 유치원 버스를 기다리며 엄마들이 삼삼오오 모인다. 아이들을 버스 태워 보내고 엄마들끼리 버스 정류장에서 한참을 서서 이야기한다. 언젠가는 집에서 유치원 버스 정류장을 내려다봤다. 아이들을 유치원에 보내고 2시간 가까이 서서 이야기하는 것을 본 적도 있다. 이야기가 길어지다 보니, 그다음부터는 카페로 간다. 카페에서 한참을 이야기하다 점심시간이 되면 같이 점심을 먹는다. 그러고 나면 유치원 갔던 아이들이 올 시간이 된다. 그럼 아이의 책가방을 학원 책가방으로 바꿔서 다시 학원 버스에 태워 보낸다.

시누이의 말에 의하면, 어떤 때는 학원에서 아이들이 오면 다 같이 저녁 먹고 들여보낸 후, 엄마들끼리 맥주 한잔을 하러 갈 때도 있었다고 했다. 나는 그 모습을 상상하는 것만으로도 굉장히 웃겼다. 엄마들도 엄마가 처음인지라 그런 것 같았다. 더구나 정보의 시대에 살다 보니 엄마들이 공유해야 할 내용이 많기도 했을 것이다. 그런데 그런 관계가 깊어지면 선을 넘어서 그냥 수다를 위한 모임이 되는 경우도 많다. 말 그대로, 전업주부들의 수다를 위한 모임이 되는 경우도 많아진다.

나는 일을 그만두고 운동하다가 만난 동네 아줌마들끼리 모임이 생겼다. 나이 들어 만나니 아이들 이야기보다는 주로 시댁이나 남편, 본인에 관한 것이 수다의 주제가 된다. 같이 운동을 다니고 집이 가깝다 보니 자연스럽게 만나는 날이 많아졌다.

그러다 보니 아는 사람이 기하급수적으로 늘었다. 그렇게 약속이 많아지다 보니, 일하는 것도 아닌데 일정표가 약속으로 빡빡해지기도 했다. 하루에도 이 모임, 저 모임에 바빴다. '백수 과로사 한다'라는 말이 실감 나는 시간이 이어졌다. 그러다 보니 자연스레 일도 많아지고 더불어 말도 많아지기도 했다. 어떤 때는 사람 만나는 게 피곤하기도 했다.

너무 가까운 것보다는 어느 정도의 거리와 간격이 서로를 편하게 한다. 언젠가부터 나는 in door와 out door 생활의 적절한 분배의 필요성을 느꼈다. 누군가와 함께 시간을 보내는 것은 즐겁다. 이 이야기, 저 이야기하며 사람 사는 모습을 들을 수 있으니 좋았다. 이 나이가 되어서 만나니 허투루 산 사람은 없었다. 다들 열심히 살았고 자기만의 히스토리가 있었다. 게다가 서로 챙겨주고 배려해주는 마음도 크다. 밖에서는 사람들을 만나 유쾌하고 즐거운 시간을 보내고, 집에서 혼자 보내는 시간에는 책도 읽고 나를 다듬는 시간을 가졌다.

사람 관계에서 삐걱거리는 대부분의 원인은 거리 조정을 못 해서다. 자주 보고 가깝게 지내다 보면 그만큼 편하게 대하게 된다. 그러다 친한 관계에서 편한 이야기가 오해를 불러오기도 한다. 편해서 선을 넘나들다가 상처를 주고받기도 한다.

보통 여행을 같이 가면 그 친구와 계속 친하게 지낼지, 아닐지를 알 수 있다고 한다. 어떤 지인은 정말 친한 친구와 해외여행을 갔다가 아예 손절한 경우도 있었다고 한다. 설레는 마음 가득 안고 절친과 여행을 갔는데 여행 간 이튿날부터 둘이 거의 말을 안 했다고 한다. 이유인즉슨, 여행에서 먹는 거며, 자는 거며, 여행을 즐기는 스타일이 너무 달라서 당황스러웠다고 한다. 귀한 시간을 내고 경비를 들여 해외여행을 갔으니 여행에서 서로 원하는 바가 있었는데, 그 어느 것도 맞는 게 없었다며 여행이 지옥 같았다고 했다.

친한 친구였는데 그렇게까지 안 맞는지 여행을 가서야 알았다며, 그 이후로는 아예 연락을 끊었다고 한다. '차라리 같이 여행을 안 갔더라면 그냥 만나는 친한 친구로 남았을 텐데…'라며 후회하는 것을 들은 적이 있다.

결혼 28년 차인 남편과 나는 다른 면이 많다. 장남과 막내다 보니, 생각의 폭도, 방향도 매우 달랐다. 결혼한 지 얼마 안 되었을 때는 여러 번 싸우기도 했다. 대화하면 어느 부분에서 가슴이 꽉 막히는 듯 답답했다. 몇 번이나 그런 느낌을 받다가 그 부분에서 막히면 그냥 넘어가게 되었다. 그러다 보니 어느 순간부터는 싸울 일이 없어졌다. 남편과 나는 서로 무엇을 한다고 하면 반대하지 않는다. 오히려 그 반대다. 말은 안 하지만 뭐 도와줄 것은 없는지, 해줄 것은 없는지 살피며 서로 지지해준다. 그래서인지 지금까지도 편하게 잘 지낸다. 어쩌면 어느 순간부터 서로 '다름'을 인정하고, 있는 그대로를 받아들이게 되었기에 잘 지내게 된 것이 아닐까 싶다.

'사람을 대할 때는 불을 대하듯 하라'는 말이 있다. 다가갈 때는 타지 않을 정도로, 멀어질 때는 춥지 않을 만큼만 멀어지라는 뜻이다. 너무 가까이 지내다 보면 기대감에 힘들고, 나도 모르게 의존하려는 마음이 생긴다. 선을 넘는 사이가 되면 서로에게 상처를 주고 받을 수도 있다. 오랫동안 보고 싶은 소중한 사람일수록 적당한 거리가 필요하다. 지금 이 나이에 사람 때문에 힘들게 살기에는 우리의 시간이 너무 아깝다는 생각이 든다. 그러니 아무리 좋은 사이라 해도 적당한 거리를 유지하는 게 서로 좋은 관계를 위한 최고의 방법이라는 생각이 든다.

한 번쯤
자유인으로 살아보자

사는 게 늘 답답했다. 사실 크게 나를 힘들게 하는 것도 없었고, 큰 근심거리가 있는 것도 아닌데 어깨가 짓누르듯 아팠다. 무엇인가를 움켜쥐기 위해 늘 주먹을 불끈 쥐고 살았다. 흐릿하게 눈을 뜨면 뭔가를 놓칠까 봐 눈도 크게 뜨고 살려고 애썼다.

언제나 내가 누군지 모르겠는 답답함이 있었다. 나 같지 않은 모습으로 가면을 쓰고 사는 것 같았다. 일할 때는 늘 다른 사람에게 맞추고 눈치 보느라 바쁜 인생 같았다. 모든 게 어느 정도 자리 잡았다고 생각했지만, 늘 불안정했다. 함께 일하는 사람들과 순탄하게 일을 하고 성과를 내려니 뭐든 맞춰주고 잘 해주려고 했다.

그러던 중, 나 스스로를 인정하고 믿게 된 계기가 있었다. 우연한 계기로 프랜차이즈 학원을 개원한 적이 있다. 가맹만 하고 내 스타일대로 소소하게 꾸려가고 싶다고 생각했다. 번아웃 상태로 일을 그만둔 지 얼마 안 되었기에 마음도 기력도 정신도 없었다. 의지나 열정도 없었다. 그러나 어쩌면 큰 기회일지도 모른다는 생각에 욕심이 났다.

개원을 준비하며 마법 같은 일들이 벌어졌다. 모든 필요한 것들이 이미 준비된 듯이 척척 진행되었다. 심지어 잘 몰랐던 주변 학원 원장님들도 언제든 도와주겠다며 응원해주셨다. 내가 움직이니 숨어 있던 큰 에너지가 나를 위해 움직이는 것처럼 느껴져 다시 한번 힘을 내보겠다고 혼자 결의를 다지기도 했다.

그러나 정작 수업을 시작하고 한 달이 채 되기 전에 프랜차이즈 본사에 나의 모든 권한을 넘겼다. 프랜차이즈 본사와 함께하는 직영관은 내가 갈 길이 아니라는 판단이 들었기 때문이었다. 내가 주도하지 않고 본사에 맞춰 일하면 더더욱 나 같지 않은 모습으로 살아야 할 것 같았다. 어느 날 문득 '이것은 내가 갈 길이 아니다. 브레이크를 걸어야겠다'라는 생각이 들었다.

저녁 늦게 학생들의 출석과 수업 진행 상황을 확인하고 그길로 곧장 본사에 갔다. 중간에 소개해준 지인도 있었고, 준비하면서 많이 도와준 남편도 있었지만, 그 누구에게도 한마디 상의를 하지 않았다. 오로지 내 생각으로, 내 판단으로 결정하고 정리했다. 본사에 확실한 나의 의견을 전하고 돌아오는 길에 처음으로 내가 나에게 말했다. '잘했다! 나를 위한 판단 중에 최고로 잘한 일이다. 나 믿고 그냥 살아도 되겠다.' 그 한번의 결정으로 나는 스스로에 대한 믿음이 확고해졌다.

셀트리온 창업주이신 서정진 회장님의 강연을 본 적이 있다. 잘나가던 대우 그룹의 임원으로 퇴사했을 때, 그의 나이는 45살이었다고 한다. 대우를 그만두고 취직할 곳이 있었다면 사업을 절대 하지 않았을 텐데, 자신을 믿는다며 5,000만 원의 사업자금을 준 부인 때문에 사업을 시작했다고 한다. 그러나 서정진 회장님은 매일 잠에서 깨어나기 전에 '나는 사업하는 사람이 아니다, 나는 사업을 하는 게 아니다'라는 말을 외치며 잠에서 깨어났다고 했다. 큰 사업을 하면서 스트레스와 압박감이 그만큼 컸던 것이다.

크든 작든 내 색깔에 맞는 나만의 사업을 해야 했다. 그런데 프랜차이즈 직영관이다 보니 그럴 수가 없었다. 개원 준비를 하는 내내 '지옥 불길을 혼자 걸어가면 이런 기분이겠구나'라는 생각에 잠도 못 자고, 매일 온몸이 몸살 걸린 것처럼 아팠다.

나는 의미 없는, 쓸데없는 경험은 없다고 생각하며 산다. 자신에 대한 확신이 들고 스스로를 믿게 된다는 것은 무엇보다 중요하다. 그것은 살면서 자신감으로 표현되고, 어디에서도 굴하지 않는 자존감이 된다. 그러다 보면 스스로 내가 참 좋고 괜찮은 사람이라는 생각도 든다.

스스로에 대한 믿음이 있는 나는 무슨 일이 생기면 제일 먼저 나에게 물어본다. 나의 내면의 소리에 귀를 기울인다. 좀 중요한 사안이면 '이것을 하면 죽기 전에 후회할까? 안 하면 후회할까?' 이런 질문을 하기도 한다. 나를 믿으려면 나에게 솔직해야 한다. 내가 솔직하지 않은 상태에서 스스로를 믿는 것은 위험하다. 안 그래도 복잡한 세상, 나한테 솔직하지 않을 이유가 없지만 스스로를 합리화하는 습관을 버려야 한다. 그리고 내면의 소리를 정확하게 들을 수 있도록 주변의 고요함도 필요하다.

매일 안에서 일하다가 해가 떠 있는 거리로 나오면 그 느낌이 비현실적으로 느껴질 때도 있었다. 일을 그만두고 남들 일하는 주중에 일 안하고 노는 게 처음에는 정말 어색했다. 사람들이 나를 이상하게 쳐다보는 것만 같았다. 한참 일해야 할 시간에 혼자 돌아다니니 백수라고 이상하게 쳐다보는 것만 같았다. 그러나 어느 정도 시간이 지나자 신경이 안 쓰였다. 오히려 남들 일할 때 놀러 다니는 자유로운 시간이 짜릿하고 통쾌하기까지 했다. 남들이 월요병에 우울해지는 일요일 저녁에 나는 여행 채비를 했다.

시간이 많으니 언제든, 어디든 갈 수 있었다. 혼자 다니니 거침이 없었다. 한동안 핸드폰 한 면이 여행사 앱으로 꽉 차 있었다. 얼리버드나 특가 찬스가 뜨면 어김없이 클릭했다. 생각보다 돈도 별로 안 들었다. 여행도 남들 다 가는 시기는 복잡하고 비싸지만, 주중에 떠나면 가격도 착하다. 사람도 별로 없어 한적하고 여유로웠다. 복잡하거나 바빠서 지나치게 되는 것들을 천천히 음미할 수 있는 시간도 주어진다.

시간이 있으면 돈이 없고, 돈이 있으면 시간이 없는 경우가 대부분이다. 그래서 돈 많은 백수가 꿈이고, 경제적 자유인이 되고자 하는 것이리라. 물론 열심히 일하며 살아야 사는 것처럼 느껴져 일에 빠져 사는 워커홀릭인 사람들도 있다. 아니면 사명감으로 일에 전념하는 사람들도 많다. 나도 그랬다. 무엇보다 일이 중요했다. 그래야 내가 살아 있는 것 같이 느껴졌다. 그러나 어느 순간부터 여유로운 삶이 좋다는 생각이 더 강하게 들었다. 더 이상 치열하게 살고 싶지 않아졌다. 아마도 늙었거나 지쳐서일 수도 있고, 아님 둘 다여서 그럴 수도 있다.

다행히 일을 그만두고도 남편이 든든한 가장 역할을 해주어서 별 생각 없이 지냈다. 그러다 언젠가 한 번 남편에게 "혼자 열심히 벌어서 나까지 먹여 살리려니 억울하다는 생각 안 들어?"라고 물어본 적이 있다. 갑자기 백수로 사는 게 미안한 마음이 들었던 것 같다. 그랬더니 남편은 "뭐가 억울해? 그러려고 돈 버는 건데, 나 혼자면 뭐 하려고 이렇게까지 일하겠어?"라고 말한다. 다른 것은 몰라도 내가 결혼은 참 잘했다는 생각이 들었다. 세상이 다 주지는 않아도 하나도 안 주는 것은 아니라는 생각이 들었다.

보통 가정주부들은 모임을 하다가도 식사 준비할 때가 되면 준비하러 서둘러 집으로 돌아가곤 한다. 그러다 남편이 저녁 약속이 있다거나 출장이라도 가면 그때는 자유라고 외치기도 한다. 매번 다양한 요리로 식사 준비를 해야 하니 해방감마저 드는 것이다. 어쩌다 저녁 약속이라도 생기면 저녁 준비를 해놓고도 혼자 식사할 남편이 마음에 걸려 편하지가 않다는 것이다. 그러니 남편이 저녁 먹고 집에 온다고 하면 그 시간만큼은 자유인 셈이다.

나는 그렇게 얻어걸리듯 어쩌다 주어지는 자유보다 시간을 내어 내가 주체적으로 자유시간을 갖는 게 필요하다는 생각이 든다. 누가 뭐라고 하는 것도 아닌데 스스로가 벗어나질 못할 뿐이다.

언젠가 같이 수영하던 지인이 나한테 자유형을 할 때 어쩜 그렇게 부드럽고 편하게 쭉쭉 나가냐고 물은 적이 있다. 답은 '힘 빼기'였다. 온몸에 힘을 빼고 물에 온전히 나를 맡기는 것이다. 어깨와 팔도 힘을 빼고 천천히 영법을 하는 것이다. 그러면 힘이 안 들고 부드럽게 쭉쭉 앞으로 나간다. 힘이 안 드니 더 오랫동안 수영을 할 수도 있다. 그러면 어느덧 내가 진짜 수영을 즐기고 있다는 것을 알게 된다.

'모든 길은 로마로 통한다'라는 말이 있다. 수영이나 운동만 그런 것은 아니다. 사는 것도 그렇다. 살면서 어느 순간에는 힘 빼고 유연하게 살아볼 필요가 있다. 힘을 빼는 게 힘이 생기는 방법일 수 있다. 틀을 짜서 거기에 맞추듯 살 필요는 없다. 나를 위한 자유의 시간을 가져보자. 그럴 시간이 없다고, 마음에 여유가 없다고 말하지 말자. 안 되면 하루든 몇 시간이든 괜찮다. 좀 더 시간이 되면 혼자 짧은 여행도 떠나보자. 돌아올 때쯤에는 내 안에 있던 답답함과 삶의 의문이 풀리는 것을 느낄 수 있다. 스스로에게 부여하는 자유는 삶에 더 큰 활력소가 되어주리라.

나는 내 인생의
디자이너다

새해가 시작되는 1월에는 누구나 삶을 새롭게 시작하는 마음일 것이다. '올해는 잘 살아봐야지'라는 생각을 한다. 또한, 올해는 작년보다 좀 나아지려나 하는 막연한 기대를 하고 한 해를 시작하게 된다. 매년 다이어트, 운동, 공부 등에 대한 각자의 계획을 갖고 시작한다. 하지만 마음먹은 대로 안 되고 작심삼일로 끝나는 경우가 대부분이다. 그러면 이번에는 '작심삼일로 끝나면 다시 작심삼일로 또 시작하면 되지'라는 긍정의 합리화를 하면서 1월을 보내게 된다. 나 또한 그런 과정의 연속이었다.

새롭고 멋지게 시작하겠노라며 일출을 보러 12월 마지막 날, 어둠을 뚫고 동해로 간다. 추위에 떨며 새해 첫 해가 뜨기를 기다린다. 날씨가 좋아 구름 한 점 없는 일출을 보면 왠지 타오르는 태양의 기운을 받아 더 잘 살 거 같은 마음으로 뿌듯하다. 그런데 구름에 가려 온전한 일출을 보지 못할 때는 다소 실망스럽기도 하다. 그래도 구름 사이로 비치는 햇빛이라도 봤으니 뭔가 좋은 일이 가득 생기리라는 희망을 안고 집으로 돌아온다.

잠도 못 자고 일출을 보러 갔다 오니 아침을 먹고 나면 졸음이 쏟아진다. 잠자고 일어나면 늦은 오후가 되어 저녁 식사 모드로 가곤 했다. 야심 차게 시작하고자 했던 새해 첫날은 그렇게 보내는 게 다반사였다. 그리고 한 일도 별로 없이 1월 중순이 되고, 한 달이 후딱 지나가게 된다. 살면서 내가 느낀 1월은 대체로 그랬다.

그렇게 보내는 시간이 아까웠던 나는 작년 1월부터는 다르게 살아보겠다며 아르바이트를 시작했다. 2년 반 이상을 그냥 쉬고 놀다 보니 뭔가 움직여야겠다는 생각이 들었다. 움직여야 무슨 일이든 생길 것 같았다. 12월 마지막 날 아르바이트 신청을 하고, 1월 2일부터 새벽 6시에 일어나서 나갔다. 겨울 새벽이 그렇게까지 깜깜한 밤인 줄 몰랐다. 대충 씻고 아르바이트하러 나갔다. 아르바이트 장소는 택배 물류 창고였다. 쏟아지는 택배를 지역별로 내려서 분류하는 일이었다.

어둠 속에서 아침을 시작하는 사람들이 정말 많았다. 7시 정각이 되면 레일이 철컥 하고 움직이기 시작했다. 처음 1시간 동안은 정신없이 바빴다. 1월 초면 겨울이 한창이니 추위와의 전쟁이었다. 핫팩을 배와 등에 하나씩 붙이고 발바닥과 주머니에 넣으니 6개의 핫팩을 붙인 셈이다. 그래서인지 1시간 정도 지나면 땀이 나고 급기야 외투를 벗고 일을 하게 되었다. 어느 정도 적응이 된 다음부터는 중간에 고개를 돌려 밖을 봤다. 7시 반쯤 되면 여명이 밝아오는 것이 보였다. 그러다 고개를 들면 해가 떠 있었다. 해 뜨기 전에 일하고 있다는 것이 뭔가 뿌듯했다.

어느 날은 열심히 박스를 내리며 분류 일을 하고 있는데 눈이 펑펑 내렸다. 운전하고 택배를 배송해야 하는 기사님들은 짜증 내며 걱정하기도 했다. 그러나 나는 펑펑 내리는 눈을 보는 것이 괜히 신나고 즐거웠다. 선물처럼 느껴졌다. 그 이후 아는 언니와 동생도 같이 아르바이트하겠다고 해서 나와 함께하게 되었다. 때로는 새벽에 일어나는 게 힘들었지만, 뭔가 생산적인 일을 한다는 것이 즐거웠다. 활기가 느껴지는 분위기도 좋았다. 아르바이트 가서 아는 언니와 동생을 매일 보게 되니 그것도 좋았다.

물론 집에 돌아오면 피곤했다. 그러다 보니 밖에 나가 쓸데없이 시간을 보낼 일도 적어졌다. 체력이 달리고 힘들 때도 있었다. 너무 재미있는데 못하게 될까 봐 기도하기도 했다. 몸은 힘들지만, 잡생각이 안 드니 여러 가지로 좋았다. 일이라고는 머리 굴리는 일만 하다가 몸을 쓰는 일을 하니 오히려 운동도 되고 즐거울 따름이었다. 무엇을 하든 1년은 해야 한다는 생각이었다. 하지만 6월에 엄마가 쓰러지시고 돌아가시면서 아르바이트를 그만두었다.

내 인생에 많은 부분을 차지하고 있던 엄마가 돌아가셨다. 90살에 돌아가셨으니 주변에서는 호상이라고 말하기도 한다. 그런데 내가 겪어 보니 나의 엄마인데 호상이라는 것은 없다. 예전에는 나도 상갓집을 가면 위로한답시고 그렇게 말하곤 했다. 그러나 내가 겪어보니 세상에 호상은 없다. 모든 것은 자기가 겪어봐야 더 잘 알게 되는 법이다. 나는 오십 중반에 고아가 되었다. 물론 지금까지 엄마가 계셨으니 감사한 게 더 많긴 하다. 그러나 그 상실감과 안타까움과 애달픔은 나를 큰 슬픔으로 몰아넣었다.

엄마가 돌아가시고 나에게 남겨진 게 뭐가 있을까 생각해봤다. 엄마가 남겨준 큰 유산이 있었다. 바로 나였다. 그 생각이 들면서 더 잘 살아야겠다는 마음이 생겼다. 엄마가 나에게 남겨준 유일한 유산! 그 생각을 하니 내가 너무 소중하게 느껴졌다. 늘 까슬하게 하고 다니지 말고 반들반들 윤이 나게 하고 다니라고 말씀하시던 엄마의 목소리가 들리는 듯했다. 반짝반짝한 것 좋아하시고 가꾸고 꾸미는 것 좋아하셨던 엄마, 나도 그렇게 나를 잘 가꾸고 빛나게 살아야겠다는 생각을 했다.

살면서 지켜본 죽음은 여러모로 다르다는 것을 알았다. 그분들이 돌아가시기 전과 돌아가시고 나서 지켜본 나의 의견일 뿐이긴 하다. 주변에서 하루빨리 죽기를 바라는 사람도 있다. 어떤 사람은 죽음과 동시에 잊히기도 한다. 반면 죽음이 안타깝고 죽은 후에도 오랫동안 그리움으로 남는 사람이 있다. 죽고 난 후니 죽은 본인은 모를 것이다. 그 사람이 어떻게 살았느냐에 따라 죽은 후 남기는 뒷모습이 판이한 것이다. 내가 죽고 나면 그만이니 내가 어떻게 살든 상관없다고 말할 수도 있다. 그런데 가는 뒷모습을 추하게 보이면서 욕먹고 싶은 사람은 없을 것이다.

우리는 연예인을 보면 오라(aura, 흔히 말하는 '아우라')가 느껴진다는 말을 하곤 한다. 뒤에서 후광이 비친다는 말도 한다. 많은 사람에게 사랑받을 정도로 탁월하고 뛰어난 사람이라 그럴 수도 있겠다 싶었다. 오라와 관련된 일화를 책에서 읽은 적이 있다. 존 디아즈라는 사람이 실제 겪은 일이다. 2000년에 그는 비행기 사고를 당해 그 부상으로 아직도 고통스럽게 살고 있다고 한다. 기상 악화를 무시하고 이륙했던 비행기가 이륙과 동시에 폭발했다고 한다. 비행기 안은 화염과 폭발로 단테(Dante Alighieri)의 〈신곡〉에 나오는 지옥과 같은 모습이었다고 한다. 화염과 폭발로 사람들이 죽어가는 것을 목격했는데, 그 순간에 죽어가는 아니, 죽은 사람 위로 빛 같은 게 보였다고 한다. 어떤 빛은 희미했고, 어떤 빛은 매우 선명하고 밝게 빛을 냈다고 한다. 존은 자신도 죽었다고 생각했는데 출입구를 찾아 헤매다 가까스로 살아남았다는 이야기다.

존은 사람이 죽을 때 빛 같은 게 나오는데 그것을 '오라'라는 말로밖에 표현을 못 하겠다고 한다. 존은 스스로를 매우 현실적이고 이성적인 사람이라고 말하는 사람이다. 그런데 그 비행기 사고에서 오라 같은 빛이 죽어가는 사람들의 몸을 떠나는 게 보였다고 한다. 그 순간, 그는 오라의 희미함이나, 밝기의 정도가 그 사람이 어떤 삶을 살았는지 보여주는 것이라고 생각했다고 한다.

존은 부상으로 고통스럽게 살지만, 그 이전보다 더 생생하게 산다고 한다. 그는 "내 오라가 몸을 떠날 때는 아주 밝게 빛나도록, 나는 인생을 그렇게 살고 싶습니다"라고 했다. 나는 존의 일화를 읽으면서 깨달음이 왔다. '인생을 어떻게 살아야 잘 살았다고 할까?'라는 나의 내면의 목소리에 답을 들은 것 같았다. 내가 이 지구를 떠날 때, 나를 빠져나가는 빛이 매우 선명할 수 있도록 살아야겠다는 삶의 지표가 생겼다. 그렇게 나의 인생을 다시 디자인하기로 마음먹었다.

내가 먹는 음식이 나의 몸이 되듯, 내가 보내는 하루하루가 나의 인생이 된다. 과거는 지나갔으니 더 이상 뒤돌아보지 않기로 했다. 지금부터 살아가는 삶이 진짜 내 삶이라고 생각한다. 괜히 50대를 '지천명'이라고 한 게 아니다. 어느 순간에 스스로 단호히 결단이 내려지는 순간이 오는 것 같다. 지금의 나처럼. 인생에 한 번쯤 목숨 걸고 해볼 만한 것을 찾아보자. 그리고 다시 한번 고군분투해보는 것이다. 젊지는 않지만 늙지도 않았다. 성공하면 좋고, 성공하지 못한다 한들 손해날 것은 없다. 찾고 움직이는 것만으로도 반은 넘게 성공한 것이리라.

자발적 외로움이
나를 성숙하게 한다

고독이나 외로움을 '상'이라고 생각하는 사람은 없을 것이다. 감옥에 수용된 사람들이 감옥에서도 잘못하면 독방에 가둔다. 예전에도 정치하다 중죄를 지으면 멀리 귀양을 보내 사람들로부터 격리시켰다. 외로움이 큰 형벌이라고 생각한 것이다. 그러나 그런 고독이나 외로움이 정말 형벌일까? 의외로 감옥이나 귀양살이하면서 많은 책을 읽고, 책을 쓰기도 하며 큰 업적을 남긴 분들이 많다. 김대중 대통령도 그랬고, 다산 정약용도 그랬다.

외로움을 이야기할 때 공통으로 하는 말이 있다. '인생은 혼자 왔다가 혼자 가는 것'이라고. 혼자 왔다 혼자 가는 인생이지만 어느 누구도 혼자인 것을 좋아하는 사람은 없다. 어렸을 때 사랑받고 자랐다는 것은 많은 관심과 애정 속에 자랐다는 말이다. 즉, 외로움을 모르고 항상 누군가의 보살핌을 받으며 컸다는 이야기다. 그에 비교해 나는 애정 결핍에

외로움을 기본으로 잡고 자란 것 같다. 태생이 좀 고독하고 적막한 것 같기도 했다.

또래와 비교해서 나는 키가 큰 편이다. 내 나이대의 평균 키가 155cm 정도니 168cm인 나는 키가 큰 편이다. 학교 다닐 때 키 순서 번호는 항상 뒤 번호였다. 이상하게 앞 번호나 뒤 번호 쪽에 있는 친구들은 안 그랬던 것 같은데, 중간 번호에 있는 친구들은 늘 몰려다니는 것 같아 보였다. 등교할 때도, 쉬는 시간이 되어 매점에 갈 때도, 심지어 화장실에 갈 때도 그랬다. 그런 친구들은 집에 갈 때도 꼭 삼삼오오 몰려다니는 것 같았다. 그런 아이들이 내 눈에는 참새떼처럼 보이기도 했다. 그렇게 몰려다니는 친구들 중에 어쩌다 혼자가 되어 다니는 친구를 보면 그게 오히려 어색해 보였다. 외톨이 같고, 아웃사이더 같았다. '싸웠나?' 하고 추측하기도 했었다.

예전에 직장 동료 중에 관상을 공부하는 사람이 있었다. 그때 그분 나이가 30대 후반이었는데, 자기는 일을 그만두면 관상 보는 철학관을 차리고 싶다고 했었다. 본인이 유명한 관상가의 수제자라고도 했다. 그래서 관상으로 사람을 파악하는 게 주특기였다. 그분에게 자연스레 관상에 관한 이야기를 종종 듣게 되었다. 그분은 내가 '고신'이라고 했다. 여자치고 키가 커서 외로운 존재라고 했다. 그때는 그 말이 좋은 뜻으로 들리지는 않았다. 그러다가 은연중에 나는 타고나기를 외롭게 타고났다는 것을 인정하게 되었다. 그래서인지 나는 내 모습을 '멋있게 숲속을 혼자 거니는 사자' 같다고 생각하며 살았다.

　어렸을 때는 외로움이나 고독이 좀 멋있어 보였다. 왠지 사색가 같고 센티(sentimental)해 보였다. 적어도 참새떼보다는 혼자가 멋있다고 생각했다. 그렇다고 그 당시에 고독이니, 외로움이니 이런 단어를 알았던 것은 아니다. 외로움에 어떤 정의나 느낌을 알게 된 것은 시를 통해서였다. 고등학교 때 한창 서정윤 시인의 '홀로서기'라는 시가 유행이었다. '홀로 선다는 건 가슴을 치며 우는 것보다 더 어렵지만'이라는 대목과 '나는 혼자가 되리라. 부리에 발톱에 피가 맺혀도 아무도 도와주지 않는다'라는 문장이 인상 깊었던 시였다. 나는 이 시가 참 아프다는 생각을 하기도 하고, 멋있다는 생각도 했다.

　프랑스 출신의 수학자이자 철학자 블레즈 파스칼(Blaise Pascal)은 "인류의 거의 모든 문제는 사람들이 한 공간에 오랫동안 단지 자신과 홀로 있지 못하기에 생겨난다"라고 말했다. 거꾸로 해석하면 고독이나 외로움이 많은 문제를 해결할 수 있는 근간이 된다는 이야기일 수 있다. 힘들수록 혼자가 되어보면 의외로 마음도 편하고, 여러 가지 문제가 해결되는 경험을 할 수 있다.

　어느 해 추석 명절이었다. 평온한 나의 결혼 생활에도 시댁 식구와의 갈등 때문에 이혼을 결심했던 적이 있었다. 살면서 어느 누구한테도 마음에 있는 싫은 표현을 해본 적이 거의 없었다. 그런데 그때는 미워하는 나의 본심이 거침없이 나왔다. 급기야 이혼이라는 말까지 하고 혼자 떠났었다. 마음이 너무 답답하고 눈물만 났다. 갑자기 욱하고 집을 나오다 보니, 지갑도 안 들고 겉옷만 가지고 그냥 친정인 강원도로 달려갔다. 추석인데 혼자 친정에 온 나를 보고 엄마는 무슨 일이냐고 계속 묻기만 하셨다. 처음에는 말 안 하다가 엄마한테 자초지종을 이야기했다. 엄마는 내 편을 들어주시면서도 이혼이라는 말에 한숨을 쉬기도 하셨다.

그다음 날 남편이 친정에 왔지만, 나는 며칠 동안 우리나라를 돌고 가겠다고만 이야기했다. 마음에 쌓인 분노와 미움과 자기 연민으로 가슴이 터질 것만 같았다. 다행히 추석 때 쓰려고 찾아놓은 돈이 차에 있었다. 남편은 그 와중에도 내가 지갑도 안 들고나온 것을 알고 주유소에서는 카드로 내라며 카드를 건네주었다.

그러나 남편한테는 본인의 가족이 무엇보다 중요했고, 나는 나의 분노가 컸기에 합의가 안 되었다. 서로 그렇게 답답한 심정으로 속초에서 출발해 양양 분기점까지는 같이 오다가 남편은 서울 방향으로, 나는 강릉 방향으로 방향을 틀었다. 같이 오다 갈림길에서 각자의 방향으로 가는 게 우리의 운명 같았다. 매몰차게 서울 방향으로 가는 남편의 차를 보며 조금 원망스럽기도 했다. 그러나 어쩔 수 없었다. 대책도 없었고 남편이 나를 설득하기에는 자존심이 워낙 강했다. 그렇게 나 홀로 우리나라 여행이 시작되었다.

사실 나는 고속도로 운전을 잘 못한다. 불안증과 공황장애를 겪고 나서는 고속도로나 터널, 다리를 건널 때 식은땀이 나기도 한다. 그러나 그때는 달렸다. 죽을 각오로 고속도로를 달렸다. 밥도 제대로 안 먹어서 후들거림이 더 했다. 달리다 처음 쉰 곳은 동해 휴게소였다. 바다가 펼쳐진 광경을 보니 마음이 좀 차분해졌다. 대충 비타민 음료를 한 병 마시고 또 달렸다. 그냥 달리기만 했다. 달리다가 차창 밖을 보면 눈물만 흘렸다. 나 스스로가 참 안되게 느껴졌다. 내가 안쓰러워서 울었다. 그러다 차창 밖 풍경이 너무 아름다워서도 울었다.

멍하게 운전대를 잡고 달리는데 갑자기 낯선 바다가 눈에 들어왔다. 우리나라에 저런 바다가 있었나 싶었다. 지명을 보니 포항이었다. 들러보고 싶었지만 어두워지기 전에 숙소를 잡아야 한다는 생각에 계속 달렸다. 첫 도착지는 경주였다.

어쩌면 정말 결혼 생활도 끝내고 남은 인생을 혼자 살아야 한다는 생각에 낯선 곳에서의 적적함이 더 크게 느껴졌다. 혼자라도 좀 덜 적적해 보이는 곳에 숙소를 잡아야겠다는 생각을 했다. 그래서 숙소로 잡은 곳이 리조트였다. 왠지 리조트에는 사람들도 오가고 주변에 편의시설도 있을 것 같았다. 나의 예감은 맞았다. 그러나 리조트다 보니 혼자 지내기에는 방이 너무 컸다. 한쪽 침대에 가방과 옷을 있는 대로 펼쳐놓았다. 그냥 나오는 바람에 옷도 없었지만 가지고 온 옷을 최대한 넓게 펼쳐놓았다. 그래야 덜 외로울 것 같았다. 편의점에 가서 맥주 두 캔과 새우깡 한 봉지와 아침에 먹을 라면 하나를 샀다. 저녁은 맥주에 새우깡이었다. 적막하고 외로웠지만 나쁘지는 않았다.

다음 날 아침에 그냥 지나쳐 온 포항 바다가 내내 떠올랐다. 아쉬운 마음에 다시 포항으로 거꾸로 거슬러 올라갔다. 역시나 다시 가길 잘했다. 압도적으로 펼쳐진 포항 바다는 그전에 봐왔던 바다와는 느낌이 완전 달랐다. 바다 둘레길을 걷다가 파도 따라 뛰어다니기도 했다. 사람이 거의 없길 망정이지, 누가 보면 이상한 사람처럼 보였을 것이다. 다시 경주로 가서 여기저기 걷고 천천히 둘러봤다. 한창 핑크뮬리가 피는 계절이라 첨성대와 핑크뮬리가 잘 어우러져 있었다. 그날은 리조트는 아니다 싶어 예쁜 펜션을 잡고 경주의 야경을 보러 나갔다. 불이 켜진 첨성대를 감상하고 안압지까지 걸어갔다. 사진으로만 봤던 안압지의 야경은 정말 아름다웠다. 물에 비친 안압지의 아름다운 모습은 혼자라는 외로움을 떨쳐내기에 충분했다.

그다음 날은 남해를 찍고 달렸다. 남해에 가까워질수록 이게 '남도의 풍경이구나'라는 생각이 들었다. 보리암을 가봐야겠다는 생각으로 올라갔다가 제대로 식사도 안 했던 터라 도저히 내려올 힘이 없었다. 두리번거리다 왕래하는 스님께 자초지종을 말씀드렸더니 봉고차로 주차장까지 태워다 주셨다.

그렇게 남해에서 여수, 담양을 거쳐 전주로 4박 5일간의 가출 같은 여행을 마치고 집으로 돌아왔다. 머리도, 마음도 좀 가벼워진 듯했다. 마음에 남아 있던 아픔이나 상처의 찌꺼기가 날아간 듯했다. 그러나 막상 집에 들어가려니 어색하고 멋쩍었다. 집에 들어온 나를 본 어머니의 첫마디는 집 없는 사람처럼 왜 혼자 밖을 다니냐고만 하셨다. 그런 한마디로 나를 안아주신 것이리라. 어머니도 많이 힘들어 보이셨다. 남편은 그간에 있었던 이야기를 하며 자기의 심정을 말했다. 남편과 나의 문제가 아니었기에 그냥 묵묵히 시간이 흐르기만 기다렸다. 답이 없을 때는 시간이 해결해주는 게 더 많기도 하다.

최근에 만난 지인은 절에 들어가 자발적 고립의 시간을 갖고 싶다고 했다. 그 말을 듣고 나도 그러고 싶다고 대답했다. 자발적 고립이 만드는 외로움이 성숙해지고 성장의 시간임을 알기에 하는 말이리라. 못 찾은 꿈을 찾고 싶다면, 인생을 조금 다르게 살아보고 싶다면, 혼자만의 시간을 가져보라고 말하고 싶다. 특히 혼자만의 여행을 추천한다. 엄두가 나지 않으면 하루라도 시간을 내어 가까운 곳이라도 가볼 것을 추천한다. 혼자 밥도 먹고, 혼자 걷기도 해보자. 자발적 외로움의 시간이 나를 성숙하게 하는 최고의 시간임을 누구보다 잘 알게 될 것이다.

'0'과 '1'의
차이

무언가를 시작한다는 게 쉽지는 않다. 나이가 들었다는 생각으로 현실에 안주하려는 마음이 커서일 것이다. 아니면 굳이 무엇을 하지 않아도 될 만큼 만족스러운 삶을 살고 있기 때문일 수도 있다. 누군가는 말한다. '안 해서 그렇지, 나는 하면 잘해'라든가, '잘할 거 아니면 나는 시작도 안 한다'라는 말을 하곤 한다. 뭔가 시작은 잘 하는데 끝맺음을 못하는 사람을 두고 '냄비근성'이 있다고 말하곤 한다. 그렇게 보면 나는 냄비근성의 소유자이긴 하다. 우리나라 사람들은 냄비근성이 강하다며 자조적인 표현을 쓰기도 한다. 좋은 의미로 쓰인 것은 아니지만, 그렇다고 냄비근성이 꼭 나쁘기만 할까?

코로나로 사회적 거리 두기가 강화될 때쯤이다. 그냥 집에 있으려니 답답했다. 집에서 뭐라도 해볼까 하다가 손뜨개를 시작했다. 예전에 한번 해본 적이 있어서 생각이 난 것이다. 그때는 아예 할 줄 몰라서 그냥 내 마음대로 떴다. 긴 직사각형으로 떠서 반 접어 꿰매는 것이다. 그것을 본 친구들은 '똥손'이라며 웃었다. 그러나 그런 것을 해보지 않은 사람들은 나의 재주에 감탄했다. 어차피 쓸 수세미니 재미 삼아 떴다. 그리고 주변 지인들에게도 나눠주니 좋아했다. 이번에는 동그랗게 뜨는 것을 시도했다. 하다 보니 동그랗게 모양새가 나와 좀 그럴싸해 보였다. 뜨는 것도 재미있고 시간도 잘 갔다. 하나하나 작품을 만드는 것 같았고, 하나씩 만들 때마다 결과물이 나오니 뿌듯하기도 했다. 근 한 달 넘게 뜬 수세미가 한 바구니는 되었다. 수세미라도 많으니 부자 같고 좋았다.

그러나 나는 거기까지다. 친구들이 뜬 수세미는 어찌나 예쁜지 수세미로 쓰기에 아까울 정도다. 친구들에게 동그랗게 뜬 수세미를 보여주었더니 일취월장이라며 웃었다. 그래도 여전히 내가 뜬 수세미는 친구들에게 내밀기 부끄러울 정도다. 친구들만큼 예쁘게는 못 떠도 내가 뜰 수 있다는 것에 만족스러웠다. 지금은 아니지만 언젠가 친구들처럼 예뻐서 쓰기에 아까운 수세미를 뜨겠다고 시도할지도 모르겠다.

내가 생각하는 '1'이란 이런 것이다. 수세미 뜨는 것은 매우 소소한 일상의 하나다. 그러나 할 줄 아는 것과 아예 할 줄 모르는 것에는 차이가 있다. 그래서 '0'과 '1'의 차이는 작게 보이지만 생각보다 크다. '0'은 어떤 것을 곱해도 '0'일 뿐이다. 그러나 '1'은 어떤 것을 곱해도 곱하는 어떤 것이 된다. 예를 들면 '0'에 '9'를 곱하면 '0'이지만, '1'에 '9'를 곱하면 '9'가 되는 것이다. 그 크기가 작아 보이지만 그 작은 차이가 매우 큰 차이를 만든다. 이런 것들은 주변에서 많이 볼 수 있다.

쇼핑을 하다 보면 주로 자기가 가지고 있는 것에 관심을 갖게 된다. 이번에 원피스를 샀으면 다음에는 그 원피스에 맞는 신발을 사는 게 이치에 맞을 것이다. 그런데 이상하게 원피스를 사면 꼭 원피스만 눈에 들어온다. 가방을 사면 다른 예쁜 가방만 눈에 들어온다. 그러다 보면 한동안은 사는 것만 계속 사게 된다. 말 그대로 '한 번도 하지 않는 사람은 있어도 한 번밖에 안 하는 사람은 없다'라는 말이 이런 경우에도 적용된다.

나는 워낙 모자를 좋아한다. 그래서 모자를 계절별로 다양하게 가지고 있다. 어느 날, 남편과 쇼핑을 하러 갔다가 또 마음에 드는 모자를 발견했다. 사겠다는 말은 못 하고 썼다 벗었다만 했다. 나는 같이 쇼핑 간 남편에게 "내가 모자 보는 것만 봐도 징글징글하지?"라고 물었다. "응, 모자 좀 그만 사! 아직도 살 게 있어?"라고 남편이 말했다. 그러다 "그건 잘 어울리네, 그냥 사"라고 말한다. 나는 속으로 웃으며 못 이기는 체하며 얼른 계산하고 나왔다. 이미 있는 것만 계속 사게 되니 눈치가 보였던 것이다.

'0'과 '1'은 있고 없음의 차이이기도 하다. 예전에 학원 프로그램 중에 학생들의 적성 검사를 해주는 검사지가 있었다. 자주 사용하는 것은 아니었지만, 학년이 바뀌거나 새 학기가 시작되면 한 번씩 집으로 검사 결과지를 발송하기도 했다. 관심 있는 학부모들은 전문기관에 가서 하기도 한다. 학교에서도 학생들의 적성 검사를 한다. 사실 그 당시 학원에서 하는 적성 검사는 약식으로 간단히 하는 것이었다. 그런데도 그런 프로그램이 있다고 보여줌으로써 보다 전문적인 이미지를 주는 것이다.

고등학생들의 진학 상담 프로그램도 마찬가지였다. 고등학생들의 모의고사 성적으로 진학 가능한 대학을 알려주는 A.I 시스템을 갖추기도 했다. 그런 시스템이 있음을 보여줌으로써 보다 믿을 수 있는, 전문적인 학원이라는 이미지를 강조하는 것이다. 그런 시스템으로 데이터를 뽑아 상담하는 것과 데이터 없이 말로만 상담하는 것과는 신뢰도에 있어서 큰 차이가 있다. 말 그대로 있고 없음의 차이다.

학창 시절에 시험 기간이 되면 계획을 세우곤 했다. 시험 일정이 나오면 날짜별로 공부할 계획을 세워야 마음이 놓였다. 그러나 계획대로 해나가는 게 별로 없었다. 그래서 꼭 전날 밤이면 밤을 지새우겠다며 별별 해프닝을 벌이곤 했었다. 어쩌다 쏟아지는 잠에 잠시 눈 감았다가 아침이 되어 시험을 망한 적도 있었다. 계획을 세워봤자 계획대로 된 적이 거의 없었다. 그러다 보니 시험은 거의 벼락치기였다. 그런데 그렇게 시험이 임박하면 안 외워지던 것도 머리에 쏙쏙 외워졌다. 시험 시작 10분 전에 훑어보며 암기하면 그렇게 머리에 딱딱 들어올 수가 없다. 뭔가 시간이 임박하고 초읽기에 들어가면 초인 같은 집중력이 생기는 것 같았다.

게으른 내 습관이 문제였다. 가랑비에 비 맞으면 어떻게 하든 비를 피해가야 하는데, 이왕 젖은 옷이라며 포기하고 그냥 비를 맞고 다니는 형국과 같았다. 완벽하지 않으면 처음부터 다시 시작했다. 그러니 끝을 못보고 시작만 하다가 끝나고 말았다. 그리고는 주변 탓만 하는 못된 성격의 소유자였다. 유연성이라곤 전혀 없는 답답이었다. 예전에 '이상은 높게, 그러나 발은 굳건히 땅에'라는 말이 있었다. '꿈은 높게 가지되 현실을 직시하라'라는 뜻이다. 이 말이 지금도 유효한지는 모르겠다. 만약 지금도 이런 말을 쓴다면 시대착오적 발상이다. 오히려 나는 '발은 굳건히 땅에'라는 말 대신 '발은 무조건 움직여라'라는 말이 더 맞다고 생각한다.

'꿈은 높게, 그리고 발은 무조건 움직여라!'

2년 반 넘게 자유인 같은 백수 생활을 하며 이제 뭔가를 해봐야겠다는, 아니 해야 한다는 생각을 많이 했다. 당장 큰돈을 들여 창업할 것도 아니었지만, 그래도 뭔가 움직여봐야겠다는 생각을 했다. 여기저기 사람들이 모이는 자리에서 부르면 마다치 않고 갔다. 사람들이 무엇에 관심이 있는지, 무슨 일을 하며 사는지 궁금했다. 혹여라도 이야기를 듣다가 좋은 아이디어나 할 게 생각나지 않을까 하는 기대도 있었다. 하지만 대부분 나와 맞지 않는 이야기였다.

이대로 아무것도 안 하며 살기에는 좀 지루하고 인생이 아직 많이 남았다는 생각이 떠나지 않았다. 그래서 작아도 '1'을 만들어야겠다는 생각을 계속했다. 그냥 '0'이 될 순 없었다. 나에게 '1'은 무조건 움직임이고, 행동이었다. 작은 움직임의 파동이 큰 파동이 되리라는 믿음이 있었다. 그런 마음으로 작년 겨울에 새벽부터 택배 분류 알바를 하러 가기도 했다. 알바를 하다 보니 다른 것도 해보고 싶어졌다. 동네 잘되는 햄버거 가게에서 알바를 하기도 했다. 햄버거 알바하다가 학원을 할 때 알던 학부모를 만나기도 했다. 좀 민망하고 창피했지만 어쩔 수 없었다. 다 내 삶이었다.

시간 날 때 종종 가곤 했던 도서관에서 우연히 김태광, 권마담의 《김 대리는 어떻게 1개월 만에 작가가 됐을까》라는 책을 봤다. 어떻게 1개 월 만에 작가가 되었는지 궁금했다. 책을 보다가 연락처를 보고 저장 만 해두었다. 몇 년 전에 '책 쓰기 코칭을 좀 받아볼까?' 하고 상담했던 적이 있었다. 뭔가 조언이 필요하겠다는 생각이 들어서였다. 책을 쓴다 는 것은 결코 쉬운 일이 아니기 때문이다. 상담 후 어차피 내가 써야 하 는 책이니 누군가의 조언이 의미 없겠다는 생각이 들었다. 그렇게 별 기 대가 없었기에 이번에는 전화번호만 저장하고 정보도 한번 찾아보지도 않았다. 그러다가 또 1년이라는 시간이 그냥 가겠다는 두려움에 일단 한 번 더 두드려보자는 생각이 들었다. 그렇게 찾아간 곳이 김태광 대표 님이 운영하는 '한국책쓰기강사양성협회(이하 한책협)'였다.

예전에 TV를 보다가 우연히 가수 션의 인터뷰를 본 적이 있었다. 참 놀랍다는 생각이 들었다. 자기의 모든 능력과 재능을 이용해 베풀며 사 는 삶. 환하게 웃는 그의 모습에 나도 같이 미소를 지었던 기억이 난다. 션만큼은 아니더라도 나 또한 그렇게 사는 게 지구에 온 사명을 다하는 것이라는 생각이 들었다.

나는 책 쓰기를 소망하는 예비 작가들에게 '한책협' 김태광 대표님이 그런 '션' 같은 존재라는 생각이 들었다. 시간이 지나면서, 알면 알수록 우리나라 건국이념인 홍익인간을 몸소 실천하는 분이라는 생각까지 들 었다. 그는 작가와 퍼스널브랜딩으로 성공을 꿈꾸는 모든 이에게 조언 과 가르침을 아낌없이 해주신다. 자신이 하는 일에 그렇게 믿음과 확신을 갖고 열정을 다하기란 쉽지 않다.

　책을 쓰고 싶다고 생각하며 찍어놨던 나의 점들이 '한책협'을 만나 작가라는 선을 긋게 되었다. 내가 생각하는 '1'은 이런 것이다. '1'이라는 점을 찍었기에 '한책협'도 알게 되었고, 작가로서의 나의 길을 갈 수 있었다고 생각한다. 앞으로의 나의 삶이 기대된다. 적어도 무기력과 우울에 빠져 있지는 않을 것 같다. 더 이상 나답지 않은 모습으로 답답함에 먼 하늘만 바라보지는 않을 듯하다. '1'에 무엇을 곱하든 그 무엇이 된다는 생각이다.

　내가 생각하는 '1'은 크기와 상관없는 있음이고 시작이다. 그리고 움직임이다. 생각으로 모든 것을 어렵게 상상하고 접을 필요는 없다. 결과가 안 좋을까 봐 걱정하는 것도 기우다. 완벽하게 잘하려는 것은 욕심이다. '뛰어나고 훌륭하게 시작할 필요는 없다. 그러나 훌륭하기 위해서는 시작해야 한다'라는 명언이 있다. 작은 시작과 시도들이 필요하다.

　중년을 살아가는 우리도 언젠가 또 다른 상황에 직면할 수 있다. 꼭 중년이어서가 아니다. 인생은 늘 변하기 마련이다. 언제든 기회가 올 수도 있고, 또 다른 위기가 올 수도 있다. 나의 내면의 소리에 따라 마음이 변할 수도 있다. 그러니 나만의 '1'은 항상 가지고 있겠다는 마음을 갖자. 그리고 작더라도 움직임의 파동을 만들어보자.

3장

외롭지 않아야
아프지 않다

나는 내 인생의
주인공이다

언제라도 내 삶의 주인공이 '나'라고 생각하며 산 적이 있었던가? 아직까지 그렇게 생각해본 적이 없는 것 같다. 그냥 살았다. 살기에 바빴다. 때로는 이를 악물고 살았고, 살다가 힘들면 그냥 버텼다. 요즘 말로 '존버정신'으로 살았다. 힘에 겨울 때는 생존도 성공이라 생각하며 숨을 고르곤 했다. 그래도 삶이 버거울 때는 그냥 웃었다. 답이 없었다. 좋아서 웃는 것이 아니었다. 살고 싶어서 웃었다고 하는 게 맞는 말이었다.

항상 고민의 주체는 나였다. 그러나 내 고민의 객체는 내가 아니라 늘 주변 사람이었다. 나의 고민은 대부분 누구를 위한 고민이었다. 그게 도리라고 생각했다. 나는 그렇게 강한 사람이 아니었다. 그런데 항상 나는 후순위였다. 언제나 나는 내가 알아서 하면 된다고 생각했다. 내가 알아서 해줄 수 없는 주변 사람이 늘 내 삶의 주인공으로 살았다.

어쩌면 삶의 주인공이 나라고 생각하며 사는 게 부끄러웠을지도 모르겠다. 어디서나 나를 먼저 앞세우고 드러내는 게 겸손하지 못한 거라는 생각을 했던 것 같다.

나이가 들수록 사람이 더 유순해지고 온화해지며 너그러워진다고 생각해왔다. 그런데 의외로 나이 든 분들 중에 화를 많이 내거나 분노를 표출하는 분들이 계신다. '늙으면 애가 되어간다'라는 말처럼, 그래서 그런 줄 알았다. 그런데 '고약한 노인네'가 되는 이유가 따로 있었다. 뇌과학에 따르면, 분노의 감정은 '대뇌변연계'에서 만들어진다고 한다. 그것을 억제하는 작용을 하는 것이 '전두엽'이라고 한다. 그런데 나이가 들면 전두엽의 기능이 떨어져 본인도 모르게 감정을 억제하기가 힘들어진다는 것이다.

이런 뇌과학적인 지식이 아니더라도 노인의 분노는 조금 이해할 수 있는 부분이 있다. 자식을 키우고 가족들을 위해서 평생을 고생하고 희생했는데, 나이 드니 허무한 것이리라. 부모는 '다 필요 없다'라는 말로 섭섭함을 대신한다. 그런 부모를 보는 자식은 부모가 나이 들어 꼰대가 되어서 그렇다고 생각한다. 부모와 자식의 관계가 별로 안 좋은 분들을 보면 이런 경우를 종종 볼 수 있다. 부모는 자식 탓하고, 자식은 언제 나를 위해 희생해달라고 했냐는 식으로 분노에 맞대응한다. 그래도 부모는 늘 자식이 걱정되고 짠하다. 자식은 자식대로 부모에게 죄송하다. 그냥 어느 순간 화가 치밀어 올라 서로를 탓하고 원망하게 되는 것이다.

내가 내 인생의 주연으로 살지 못해서 희생이 원망으로 변하는 것 같다.

요즘 젊은 부모들은 예전의 부모와는 사뭇 다르다. 일정 기간 학업을 마칠 때까지만 지원해주겠다고 말한다. 어떤 부모들은 20살 이후에 자녀에게 들어간 돈은 경제적으로 자립하면 갚아야 한다고 말하기도 한다. 현실적으로 힘든 이야기지만, 자식들에게 자립심을 심어주려는 것이다. 심지어 어떤 젊은 부부는 아이들은 집에서 밥을 먹이고, 부부 둘이서만 외식하기도 한다. 아이들에게 해줄 수 있는 것은 해주되 자신들을 먼저 챙기고, 아무리 자식이라고 해도 자신의 몫을 양보하지 않는다. 세대 차이일 수도 있지만, 확실히 부모 자식 관계도 많이 달라졌다. 예전의 부모님들처럼 일방적으로 모든 희생을 감내하지는 않는다.

요즘도 나는 내가 종종 내 몫을 다하지 못하고 살까 봐 걱정될 때가 있다. 결혼한 후에는 보험부터 들었다. 아프면 큰돈이 들어가니 그게 걱정이었다. 어떤 경우에도 나는 나를 책임져야 한다는 생각이 지배적이었다. 한 번도 그냥 집에서 놀고먹으며 살아도 된다는 식의 생각은 하지 않았다. 그런 만큼 주변 사람들도 각자 자기의 몫을 하고 살면 그것이 참 고맙게 느껴졌다. 각자 자신의 몫을 충실히 하고 살면 되는 것이다. 그렇다고 그것이 자기밖에 모르는 이기적인 사람은 절대 아니다. 가족의 화합을 망치는 것이 아닌 선에서 각자 자기 삶을 충실히 사는 게 본인에게도, 다른 가족에게도 제일 좋은 것이다.

지금 생각하면 나는 참 주체적으로 살지 못했다. 항상 상황에 떠밀려 겨우 살아냈다. 상황을 주도하지 못한 채 살아왔다. 한때는 할머니와 같은 방을 썼었다. 방에 들어가면 할머니는 한 맺힌 푸념을 반복하며 나를 힘들게 했다. 그게 힘들었던 나는 어느 날부터 방에 들어가면 할머니를 등지고 책상에만 앉아 있었다. 할머니의 말을 멈추게 할 수 있는 유일한 방법이었다. 교과서 외에는 별로 볼 게 없었던 터라 교과서만 보고 또 봤다. 하도 봐서인지 어느 날은 자는데 꿈에서 교과서가 그대로 보이기도 했다. 그러다 보니 성적은 당연히 올라갔다.

어떤 일을 시작하거나 일을 그만둘 때마저도 그랬다. 늘 상황에 떠밀려 살았지만 그래도 감사한 게 많다. 다행히도 그런 상황들이 항상 나를 발전하게 했다. 그래서 공부도 했고, 일도 하며 살았다. 그렇게 생각하다 보니 나 스스로 운이 좋은 사람이라는 생각이 든다.

나이가 드니 생각보다 좋은 게 참 많다. 살아온 날에 비해 살아갈 날들이 얼마 안 남았다고 생각하니 인생을 바라보는 시각이 달라진다. 어쩔 수 없이 맞게 될 죽음을 생각하니 시간이 소중하게 생각된다. 절약만이 살길이라고 생각하며 살았던 것들도 달라진다. 나를 위해 투자도 하게 되고, 내가 좋아하는 것에 돈을 쓸 줄도 알게 된다. 이런 것을 어렸을 때부터 알았다면 천재였으리라. 그러나 나는 천재도 아니고, 겨우겨우 살아낸 말 그대로 '어린 중생'에 불과했다. 그러니 나에게는 나이가 주는 것들이 많다. 나이만큼 삶에서 얻는 게 많다.

독서를 통해 아는 것은 지식의 영역이다. 그러나 현실을 살아가는 데는 지식보다 지혜가 필요하다. 그 지혜는 경험에서 오는 것이다. 살아온 세월이 있으니 어쨌든 나름 삶의 지혜는 쌓인다. 중요한 것과 그렇지 않은 것을 보는 관점도 생긴다. 힘을 주어야 하는 시점과 힘을 빼도 되는 시점도 알게 된다. 그러다 보니 삶의 리듬도 생긴다. 리듬을 타다 보니 삶이 즐겁고 감사한 일이 많이 생긴다. 열정은 열정을 부르고, 감사는 감사한 일을 부른다. 행복도 마찬가지다. 행복해야 행복도 더 생겨난다. 부익부, 빈익빈은 돈에서만 생기는 게 아니다.

내 주변 지인들은 나를 신기하게 생각한다. 혼자 여기저기 여행을 다니는 것도 그렇지만, 남편이 그것을 허락해주냐고 묻곤 한다. 나는 그게 왜 이상한 것인지 의아했다. 아무리 부부여도 각자의 인생이 있으니 서로 지지해주는 것이다. 그것이 내가 밖에 나가도 당당해질 수 있는 이유다. 게다가 나 스스로 나를 믿으니 어디를 가도 당당하다. 그러다 보니 자신감도 생기고 자존감도 생긴다.

설 명절에 하나밖에 없는 사촌 동서가 명절 음식을 하는 데 일손을 거들겠다며 집에 왔다. 애들도 셋이나 되고 나이 차이도 큰데 내심 고맙고 기특했다. 무슨 이야기를 하다가 "나는 다시 태어나도 그냥 딱 나로 태어나면 좋겠어"라고 말했다. 그랬더니 사촌 동서는 "형님, 자존감이 장난 아니네요!"라고 말했다. 나는 속으로 '자존감? 나 그런 것 없는데, 그냥 부족하면 부족한 대로 그냥 나처럼 사는 게 좋을 뿐인데…'라는 생각을 했다. 그렇게 생각한 순간 '아…. 이게 자존감이구나' 싶었다.

'왜 우리는 힘든데도 이렇게 열심히 살까?'라는 생각을 할 때가 있었다. 자녀가 학교를 졸업할 때나 원하는 학교에 합격했다는 소식을 들을때, 또는 군대 가서 훈련 퇴소식을 마칠 때 부모들은 눈물을 보인다. 기특하게, 건강하게 잘 자라주어서일 것이다. 자녀가 결혼할 때도 운다. 부모 곁을 떠난다는 서운함에 눈물이 나는 것일 수도 있다. 그러나 그것보다 지금까지 잘 자라서 어른이 되는 모습이 벅차서이지 않을까 싶다. 힘들어도 열심히 사는 것은 결국 '감동'을 위해서라고 생각한다. '감동'이 무엇보다 사람을 행복하게 한다.

나는 많이 감동하며 살고 싶다. 그러나 살면서 뭐 그리 감동할 일이 있던가? 누가 나를 감동시켜주길 바라며 사는 것은 한계가 있다. 나 스스로 감동할 일을 만들 수 있어야 한다. 병원에서 퇴원하는 어머니를 위해 꽃병을 준비한다든지, 누군가를 위해 작은 선물을 포장하는 것. 이런 것들은 서로를 위한 감동의 선물이다. 받는 사람도, 준비하는 사람도 즐겁고 행복한 일이다.

나는 소소한 감동들이 참 좋다. 지나다 들른 찐빵집에 따뜻한 찐빵이 너무 맛있어서 감동적일 때가 있다. 게다가 찐빵집 주인 아주머니가 친절하면 기분이 좋아진다. 단 2달러 지폐 한 장에도 벅차게 감동적일 때도 있다. 차창 밖으로 지는 노을을 보면 아름다워서 눈물이 날 때도 있다. 소소하지만 따뜻한 감동들이다. 지금부터 살아가는 날들이 지나온 날들이 될 때, 그 자리가 아름다울 수 있도록 만들며 살고 싶다. 그래서 다시 태어나도 '나'로 태어나고 싶고, '나'로 살 수 있길 바란다. 그게 진정 내 삶의 주인공으로 사는 게 아닐까.

새롭고 낯선 것을
즐기자

아기가 태어나면서 우는 이유는 뭘까? 태아일 때는 엄마와 연결된 태반을 통해 숨을 쉬었을 것이다. 그러다 갑자기 세상에 나오면서 폐로 호흡한다는 것이 낯설고 두렵지 않았을까? 이에 대해서 해석이 분분하다. 셰익스피어(William Shakespeare)는 "바보 같은 세상에 태어난 게 서러워서 운다"라고 했다. 나는 이렇게 말한 셰익스피어가 돈키호테처럼 느껴져 웃음이 나왔다.

연암 박지원 선생님은 "깜깜한 배 속에 있다가 밖으로 나오니 후련해서 운다"라고 했다. 삶을 바라보는 자신만의 시각이 반영된 해석 같다. 내가 볼 때 태어나는 아기는 낯선 세계에 대한 불안과 극도의 공포심 때문에 우는 것 같다.

우리는 태어나면서 지금까지 모든 게 낯설다. 처음이니 당연히 그럴 것이다. 심지어 어른이 되고 어떤 역할이 주어질 때마다 삶이 낯설고 두렵다. 두려우니 불안하다. 몸이 아플 때 원인을 알면 아파도 두렵지 않다. 그런데 왜 아픈지 모르면 두렵고 겁이 난다. 그런 삶에 대비하기 위해 열심히 계획을 세우고 체크리스트를 만들기도 한다. 일상에서도 흔들릴까 봐 자기만의 루틴을 만들어 반복한다. 낯설고 두려움에 대한 방어책 같기도 하다.

'벽'을 보는 것도 사람에 따라 다르게 생각한다고 한다. 어떤 사람은 벽을 보면 앞을 가로막는 벽일 뿐이라고 뒤돌아선다고 한다. 또 다른 사람은 벽을 다른 세계로 들어가는 문이라 생각한다고 한다. 살면서 얼마나 많은 벽 앞에서 뒤돌아섰고, 또 열려고 했던가. 나는 삶을 많이 보고 느끼며 경험하는 것이라고 생각한다. 또한, 쉽게 익숙한 것에 지루함을 느끼기도 한다.

그런 내가 20년 넘게 한 직장을 다녔다는 것은 스스로 생각해도 굉장히 놀랍다. 직장은 한곳이었지만 일은 늘 버라이어티했다. 그래서 가능했으리라. 결혼 생활도 그렇다. 사실 결혼해서 아무 탈 없이 잘 유지하며 살 수 있을 거라 생각하지 못했다. 그냥 내가 그런 성향인 것을 알고 있기 때문이었다. 어찌 보면 나는 호기심 많은 겁쟁이다.

내가 생각해도 나는 호기심 천국이다. 재미있어 보이거나 궁금한 것은 직접 경험해봐야 한다. 이런 나의 모습을 안타까운 시선으로 보는 사람들도 있다. 그들은 나를 철이 없거나 차원이 다른 돌연변이쯤으로 생각하기도 한다. 혼자 가는 여행에서도 될 수 있으면 그 나라의 의상을 입어본다. 중국 가면 치파오를 입고, 베트남을 가면 아오자이를 입어본다. 일본은 웬만한 실내복으로 유카타를 호텔에 비치하고 있으니 당연히 유카타를 입고 실내를 돌아다닌다.

가끔 TV로 옥룡설산을 보고 차마고도 길을 걸어보고 싶었다. 바로 차마고도 가는 여행상품을 찾아보고 신청했다. 같이 갈 사람이 없으니 혼자 떠났다. 공항 패키지여행 미팅 장소에서 일행들을 봤을 때 내가 잘못 온 줄 알았다. 어르신들이 대부분이었기 때문이다. 나는 속으로 '이 효도관광 가시는 듯한 분들 사이에서 나는 뭐지?'라는 생각에 걱정과 두려움이 앞섰다. 아무리 봐도 내 또래의 사람이 안 보였기 때문이었다. 출사를 하러 가시는 듯 전문가용 큰 카메라를 드신 어르신들도 의외로 많았다. 여행지 중에서도 사람들이 별로 찾지 않는 곳이라 나의 낯섦은 최고였다.

숙소는 외진 곳이었고 고요하며 적막했다. 첫날은 외로움과 걱정이 한껏 밀려왔다. 그러나 그다음 날부터 시작된 여행 일정은 감탄의 연속이었다. 대자연이 형언할 수 없을 정도로 웅장했다. 협곡은 협곡대로 포효하는 듯했다. 호도협은 내가 본 협곡 중에 최고였다. 어딜 가나 마을 따라 강물이 흐르는데 그 유유자적한 풍경이 한껏 멋지게 느껴졌다.

만년설을 보기 위해 케이블카를 타려고 기다리는데 갑자기 몸 상태가 안 좋아졌다. 낯선 곳에서 갑자기 몸이 안 좋아지니 불안감이 급히 몰려왔다. 케이블카를 타고 올라가면서 들으니 고산병이라고 했다. 중국 현지인들이 손에 가스통 같은 것을 하나씩 손에 들고 있었는데, 그게 산소통이란 것을 나중에 알게 되었다. 갑자기 컨디션이 안 좋아진 것이 고산병 때문이라는 것을 알게 되니 불안증이 가셨다. 그러다 옥룡설산의 만년봉을 보는 순간 경외감이 느껴졌다. 아무리 시간이 흘러도 녹지 않는 만년설을 보니 그것이 지구의 산증인처럼 느껴졌다. 그에 비하면 인간의 존재는 얼마나 작은 것인가 하는 생각도 들었다.

그러다 내 눈에 들어온 것은 그 지역 원주민들이 입는 전통 의상이었다. 그 옷이 나에게는 매우 이국적으로 느껴졌다. 그곳 아니면 볼 수 없는 의상이었다. 사진으로라도 남겨야겠다는 생각에 원주민인 나시족의 전통 의상을 빌려 입었다. 그렇게 기념 사진도 찍고 한껏 그곳의 느낌을 만끽했다.

여행 일정 중에 승마 체험이 있었다. 말을 타고 1시간 동안 옥룡설산을 바로 코앞에서 보는 코스였다. 중국 내륙의 들판에 말을 타고 걸으면서 옥룡설산을 바라보니 더없이 멋진 경험이었다. 이런 것들이 혼자라도 여행 가는 이유다. 시간이나 여건 맞는 사람을 찾기 어려우니 혼자라도 가는 것이다. 그런데 그렇게 혼자 여행 가면 오롯이 나만의 시간을 보낼 수 있어 그것이 오히려 충만한 경험이 되어 나에게 그대로 돌아온다.

낯설고 새로운 것들은 사실 좀 두렵다. 처음이니 그럴 수밖에 없다. 그러나 그 두려움은 우리가 알지 못하는 다른 멋진 세계를 경험하게 해 주는 통로일 뿐이다. TV에서 보든, 책으로 보든 알 수는 있다. 그러나 직접 경험하는 것에는 비할 바가 아니다. 낯설고 새로운 것을 대할 때 두려움에 떨리기도 한다. 그러나 여러 번의 경험을 통해 떨리는 것이 두려움이 아니라 설렘이라고 생각하게 되었다. 낯설고 새로운 것을 대하는 태도가 달라졌다.

요즘 종종 이용하는 앱 중에 '당근'이라는 것이 있다. 당근은 '당신 근처'의 준말로 굉장히 재치가 넘치는 표현이다. 어느 날 당근에서 동네 소식을 보다가 영어 스피킹 소모임이 있는 것을 알게 되었다. 매주 한 번씩 만나 소소한 일상이나 관심거리들을 오로지 영어로만 듣고 말하는 것이다. 어떨지 궁금해진 나는 문의를 한 후, 참석했다. 생각보다 흥미로웠다. 내가 영어를 사용할 수 있어서가 아니다. 특별한 주제가 없어도 이야깃거리가 넘쳐났다.

그동안 뭐 했던 사람인지, 영어는 어떻게 잘하게 되었는지, 요즘 관심사가 무엇인지 등등 중간에 못 알아들으면 "What's mean?"이라고 되묻기도 하고, 표현할 단어가 생각나지 않으면 손짓을 써가며 풀어서 이야기하기도 했다. 그러면 영어를 잘하시는 분들이 단어를 알려주시기도 했다. 사실 그 모임에서도 내가 제일 어렸다.

그런데 다들 그렇게 영어를 잘하시는 것을 보고 반성했다. 나는 말만 많을 뿐이지, 거의 다 콩글리시였다. 말 그대로 콩떡같이 이야기해도 찰떡같이 알아듣는다는 말이 어울리는 자리였다. 알아서 들어주고 정리해주고 알려주시는 분들이 굉장히 고마웠다. 처음 보는 낯설고 새로운 사람과 이야기를 한다는 것도 좋았다. 한동안은 못 나가고 있지만, 꼭 다시 참석해서 꾸준히 하고 싶은 모임이다.

나는 사실 《삼국지》를 잘 모른다. 《삼국지》에 나오는 인물도 그냥 대충 알 뿐이다. 어쩌다 본 영화 장면에 제갈량과 누가 대화하는 장면이 눈에 들어왔다. 어떻게 하면 모르는 것 없이 다방면에서 지략이 뛰어나냐고 제갈량에게 묻는 장면이었다. 제갈량은 말했다. "저는 모든 것을 조금씩 알 뿐입니다. 그러면 삶이 다채로워지니까요." 그 대사를 듣는 순간 가슴에 딱 꽂혔다. 그다음부터는 제갈량이 나의 본보기가 되었다. 나 또한 조금씩이라도 다양하게 할 줄 아는 삶으로 다채롭게 살고 싶다.

새로 만나는 사람도, 새로운 장소도 낯설다. 때로는 귀찮게 느껴지기도 하고, '굳이'라는 말로 막을 치기도 한다. 그러나 가볍게 한번 시도해 보라. 여자들은 새로움을 추구할 때 스타일을 바꾸곤 한다. 다른 스타일의 옷을 입어보고, 긴 머리를 자르기도 한다. 사실 긴 머리를 자르는 것은 나름 용기가 필요하다. 한번 자른 머리는 후회해도 어찌 안 되기 때문이다. 생머리를 고수했다면 한번 뽀글이펌을 해보는 것도 좋을 것 같다. 염색으로 색만 바꿔도 새로움을 느낄 수 있다.

그동안 밤늦게 자고 늦게 일어났다면, 일찍 자고 일찍 일어나 새벽을 느껴보길 바란다. 새벽 공기가 얼마나 신선한지 하루가 새롭게 느껴질 것이다. 또한, 아침을 일찍 시작한다는 것의 여유로움도 느낄 수 있다. 반대로 밤을 지새우며 고요한 밤의 적막을 느껴보는 것도 괜찮다. 남들 모두 잠들어 있을 때 혼자 뭔가를 한다는 뿌듯함이 생기기도 한다.

우리는 태어나는 순간부터 새로운 세상에 대한 낯섦에 울면서 태어났다. 그 낯섦이 두렵기만 한 게 아니라는 것을 안다. 두려움이 두려움으로 끝나는 경우는 그리 많지 않다. 익숙한 것에만 빠져 있다 보면 흥미로운 많은 것을 놓칠 수도 있다. 익숙한 것은 편하지만, 때로는 지루하다. 어쩌면 우리는 이 세상을 경험하기 위해 온 것이 아닐까? 어딘가로 다시 돌아갈 때는 많은 경험을 쌓고 가야 하는 게 인생일지도 모른다는 생각이 든다. 그러니 두려움을 넘어 새롭고 낯선 것을 누리며 즐겨보자. 그럴 때 삶이 더욱 더 다채롭고 풍요해질 것이라고 생각한다.

외롭지 않아야
아프지 않다

　살면서 외롭지 않을 방법이 있을까? 정말 외롭지 않다고 생각하는 사람이 있을까? 방법이 없으니 외롭지 않다고 생각하는 것은 아닐까? 외로움은 아직도 암암리에 금기되는 단어가 아닐까? 외롭다고 대놓고 말하면 이상해 보인다. 사회 부적응자 같고 아웃사이더처럼 느껴진다. 살아온 삶 자체가 의심스러워지기도 한다. 그동안 어떻게 살았길래 주변에 사람이 없을까 하는 의심마저 생긴다. 나도 외롭다는 말을 하면 진짜 외로울까 봐 함부로 쓰지 않는다.

　외로움을 가장 많이 느끼는 시기는 의외로 20~30대라고 한다. 사회적인 활동이나 친구들과 함께 왕성하게 무언가를 해야 하는 젊은 층에서 더 외로움을 느낀다는 이야기다. 가족관계는 뭔가 불편하고, 사회생활은 관계에서 오는 피로감이 크다. 그러다 보니 혼자가 편하다고 생각한다. 편한 만큼 외로움이 커지기도 한다.

하지만 우리는 나이에 상관없이 누구나 외로움을 느끼며 사는 것 같다. 우리나라 1인 가구 수는 40%가 넘었다고 한다. 가족의 바탕을 이루는 결혼마저도 비혼주의로 흐르고 있다. 주변에 비혼인 사람이 많아도 이상하지 않다. 요즘은 누구나 자기 삶을 무엇보다 중요하게 생각한다. 결혼해서 아이까지 낳는다는 것은 경제적으로 가당치 않다고 생각할 정도다.

지인 한 분은 나이가 이제 갓 60살이 넘으셨다. 이혼한 지 15년 되었다고 한다. 그렇게 혼자 지내다가 이성 친구를 만나 행복하다고 하셨다. 그런데 1년 정도 만나고 헤어졌다고 하셨다. 그 이유는 본인은 단지 좀 친한 이성 친구로 만나며 편하게 지내길 원했는데, 상대분께서는 결혼을 원하셨다고 한다. 그분은 은퇴 후 여행이나 다니며 여유롭게 살고 싶은데, 혼자 여행 다니는 것은 힘드니, 같이 여행 다닐 정도의 이성친구를 원했던 것인데, 상대방은 그게 아니었다고 한다. 수시로 연락하고 수시로 만나자고 해서 불편하고 부담스러웠다고 한다. 최근에 그 지인분을 만났을 때 누구를 다시 만날 생각은 없으시냐고 물어봤다. 그분은 두 번 다시는 그런 불편한 관계는 맺지 않을 거라고 하셨다. 오히려 혼자 아침에 일어나 볼일 보고, 운동하고 오후에는 가까운 친구들을 만나고, 그게 너무 편하고 세상 부럽지 않다고 하셨다.

좀 외롭긴 해도 혼자가 편하다는 사람들이 많다. 예전에는 나이가 들면 당연히 결혼해야 하는 줄 알고 살았다. 결혼을 안 하면 뭔가 문제 있어 보이거나, 자기주장이 강해서 팔자가 세다고 생각했던 것 같다. 나도 30살이 되기 바로 직전에 결혼하고 안정감을 느끼긴 했다. 남들 다하니 나도 했다는 안도감도 있었다. 그러나 지금 세대는 그렇게 생각하지 않는다. 본인의 삶을 본인의 의지로 선택하고 산다. 결혼 문화도 시대가 바뀌면서 달라졌다.

나도 어렸을 때 왜 어른이 되면 다들 결혼해야 하는지 의문이었다. 내가 어렸을 때는 아무리 봐도 결혼해서 행복해 보이는 사람이 없었다. 우리 집만 봐도 그랬다. 엄마, 아버지가 행복해 보이지 않았다. 물론 먹고 사는 게 힘들고 자식들 키우느라 힘들어 그럴 수도 있다. 그래도 두 분은 좋아 보여야 하는데 그렇지가 않았다. 가부장적이고 고지식한 아버지와 여자라서 참고만 사시는 엄마. 심지어 엄마는 아버지 때문에 화가 나실 때는 중매쟁이라도 만나면 멱살을 잡을 기세였다. 나는 그런 엄마의 말을 들으며 함부로 누구를 소개시키고 그러면 안 되겠다는 생각을 했다. 그런데도 엄마는 아버지가 돌아가신 후 2년 넘게 울고 다니셨다고 했다. 참 묘할 뿐이다.

현대사회는 점점 혼자 살아도 불편함이 없게 변하는 것 같다. TV에서 보면 대가족이나 부족처럼 공동체 생활을 하는 사람들은 대부분 후진국이다. 특히 아프리카나 동남아 같은 나라들이다. 그 나라 사람들은 외로움을 모르고 사는 듯 해맑은 모습이긴 하다. 그래서 가난한 사람들이 행복지수가 더 높다고 말하는 것일 수도 있다. 그런데 모두가 비슷하게 못살다 보니 비교 대상이 없어서 그럴 수도 있다는 생각이 든다. 그래서 같이 생산하고 같이 먹고사는 공동체적 삶을 유지하는 것 같다. 그래도 함께 모여 사니 힘들어도 외로워 보이지는 않는다

그러나 대부분의 우리네 일터는 협업해도 거의 개인적이다. 사업주는 직장에서 협업은 장려하지만, 조직원들이 사적으로 친한 것은 오히려 부정적인 시각으로 본다. 일이 힘들면 보통 회사에 대한 부정적인 말들이 난무하기 때문이다. 게다가 코로나 사태를 겪으며 재택 근무를 하거나 혼자 일하는 환경이 더 조성되기도 했다. 여기나 저기나 외로울 수밖에 없는 환경이다.

청춘의 외로움은 주변과 비교하는 상대적 외로움인 것 같다. 반면 중년 이후의 외로움은 본질적인 외로움일 수 있다. 현대사회는 외로움을 신종전염병으로 간주한다. 외로움으로 인한 우울증 등 마음의 병 때문에 사회적 범죄나 질병이 늘고 있다는 것이다. 급기야 2018년에 영국에서는 외로움을 담당하는 장관이 생기기도 했다. 외로움이 더 이상 개인의 문제가 아닌, 국가적인 차원에서 다루어야 할 정도로 심각하다고 판단한 것이다. 나는 이 뉴스를 들었을 때 충격을 받았다. 하지만 '나만의 문제가 아니구나'라는 생각에 위안이 되기도 했다. 2021년에는 일본에서도 고독과 고립에 대한 대책위원회가 생겼다고 한다. 최장수 국가인 일본에 혼자 고독사하는 노인이 많아지면서 대책이 마련되어야 한다고 생각한 것이다. 지금은 우리나라도 고독사 예방에 대한 법안이 생긴 것으로 알고 있다.

나는 인간에게 외로움은 기본이라고 생각한다. 둘이 있어도, 여럿이 있어도 외로움은 있다. 아니, 혼자가 덜 외로울 때도 많다. 나와 다른 사람들 속에서 이방인 같다는 생각이 들면 오히려 더 외롭게 느껴진다. 그런 이방인 같은 모습으로 사람들과 맞추려니 피곤하기도 하다. 혼자 있을 때는 혼자라서 외로우니까 누군가를 만나면 외롭지 않을 거라는 기대가 있다. 그런데 여럿이 있을 때조차 외로움을 느끼는 것은 관계에 대해 회의감마저 들게 한다.

인기 있는 TV 프로그램 중 <박원숙의 같이 삽시다>라는 방송이 있다. 중년의 여자들이 과거를 회상하거나 추억을 떠올리며 서로 울기도 웃기도 한다. 소소한 삶의 일상을 보여주기도 한다. 마음 맞는 사람들과 함께 외롭지 않고 즐겁게 사는 것이 중년여성들의 로망이기도 하기에 즐겨 보고 있다.

여자들은 나이가 들면서 친구가 늘어나는 경향이 있다. 가족이나 남편보다 친구가 더 좋아지기도 한다. 여자들끼리는 함께 여행도 간다. 그러나 특별한 목적이 없는 한 중년의 남자들이 모여 함께 여행 가는 경우는 별로 없다. 나는 남편에게도 나이 들어도 같이 어울릴 수 있는 사람들을 잘 만들어놓으라고 이야기하곤 한다. 나이 들어서도 소통할 수 있는 연대는 있어야 한다. 그래야 덜 외롭고, 외롭지 않아야 아프지 않고 살 수 있다고 생각하기 때문이다.

물론 그럼에도 우리는 각자의 외로움의 무게를 짊어지고 살아야 한다. 같이 어울리며 살고자 하는 것은 사람의 본능이다. 그런데 과연 누가 나의 외로움의 무게를 나눠 들 수 있을까? 외롭다고 붙어 다니면 감당해야 할 다른 짐이 생긴다. 짐뿐만 아니라 일정 부분 자유까지도 저당 잡혀야 한다. 다행인 것은 나만 그런 게 아니라는 것이다. 알고 보면 누구나 비슷하다. 이런 생각만으로도 덜 외롭지 않을까?

혼자 살 수 있는 것보다 필요한 것은 혼자 설 수 있는 능력이다. 혼자 설 수 있어야 건강한 관계도 형성된다. 혼자서 잘 지낼 수 있는 나를 찾는 것이 먼저다. 지금은 아니어도 언젠가는 모두 혼자일 수밖에 없다. 묵묵히 혼자 감내해야 하는 인생의 시기가 있다. 혼자 있는 고독한 시간을 충만한 삶으로 채울 수 있어야 한다.

누가 뭐래도 나의 삶이다. 나이 들어 초라하고 외로워도 모든 것을 당당히 받아들이는 태도가 필요하다. 외로움도 내 몫이다. 외로움에 끌려 아프게 살지 말자. 외로움 때문에 시들시들해지지 말자. 내가 짊어질 외로움의 무게를 한껏 껴안아봤으면 좋겠다.

외로움을 성장으로
변화시켜라

외로움에 특히 취약한 사람이 있다. 외로움을 잘 타는 사람은 멀리 있지 않다. 바로 나였다. 우울하고 외로운 기질을 타고났다. 어릴 때 자라면서 겪은 환경이 타고난 외로운 존재임을 알게 해주었다.

그런 나는 추석이 지나면 우울감에 사로잡혔다. 곧 겨울이라는 생각 때문이었다. 여름 지나 찬 공기가 돌면 모든 것이 가라앉았다. 가을이 풍요롭고 아름답다는 것을 알게 된 것은 얼마 되지 않았다. 겨울을 생각하면 가슴 밑바닥이 싸하게 아려왔다. 시골 겨울 풍경 같은 시린 느낌이 온통 나를 지배했다. 마치 해가 지고 있는 추운 겨울 들판에 돌아갈 곳 없는 고아 같은 느낌이었다.

나에게 엄마는 늘 그리운 존재였다. 나는 학창 시절에 학교에서 엄마랑 싸웠다느니, 엄마랑 말도 안 한다느니 하는 친구들이 이해가 안 되었다. 이해는 둘째치고 그렇게 엄마한테 투정하는 아이들이 부럽기만 했다. 나는 엄마와 떨어져 살아서 그런 투정 한번 해보지 못했다. 초등학교 입학 전에 나는 오빠들만 있는 줄 알았다. 아버지와 오빠 둘과 나. 이렇게 살았다. 어쩌다 엄마가 집에 오면 너무 좋았다. 밤에 잘 때면 엄마 손과 내 손을 끈으로 묶어놨던 게 기억난다. 일어나서 엄마가 가고 없을까 봐 불안했기 때문이었다. 자면서도 "엄마 가지 마"라고 이야기하며 잠들었었다. 그렇게 묶어놓으면 엄마가 안 가는 줄 알았다. 그러다 아침에 일어나 엄마가 가고 없는 것을 알면 굉장히 아프고 슬펐다. 나는 아직도 그런 날들의 기억이 생생하다.

엄마가 두고 간 장난감이 있었지만 아무 소용이 없었다. 그러다 엄마가 사시는 곳에 가서 엄마랑 잠시 같이 산 적도 있었다. 처음에 언니를 보고 낯설어서 뒤에 숨었다고 한다. 언니를 보며 내가 "누구세요?"라고 했다고 나중에 커서 언니한테 들었다. 언니는 어이없었다며 웃었지만, 그래서 생긴 나의 내면의 외로움을 잘 알고 있었다. 뭔지 모르는 어른들의 삶 속에서 나는 너무 일찍 외로움에 젖어 있었다.

우리나라는 사계절이 뚜렷해서 아름다운 자연의 변화를 모두 느낄 수 있어서 참 좋다. 그런데 이렇게 사계절이 뚜렷하다 보니 여자인 나는 돈도 많이 든다. 계절마다 입어야 하는 옷이 다르기 때문이다. 여름이라도 초여름과 한여름에 입어야 하는 옷이 다르다. 초여름에 입었던 옷을 늦여름에 입기에는 색이 안 맞아 어색한 경우가 많다. 옷이 달라지니 그에 따라 신발과 드는 가방도 달라져야 한다. 그렇게만 봐도 생활비가 적잖게 든다. 특히나 겨울에 우울감이 심한 나는 겨울옷을 더 많이 샀다.

그래야 덜 우울할 것 같았다.

　이렇게 우울한 겨울, 나의 인식 전환이 필요했다. 어떻게든 겨울을 즐겁게 생각하기 위한 특단의 조치를 취하기로 했다. 추운 겨울이 싫었던 나는 겨울에 따뜻한 동남아에 가서 지내야겠다고 생각했다. 남편한테는 겨울에 옷을 사느니 그 옷값으로 어학연수 겸 따뜻하게 지낼 수 있는 동남아에 가겠다고 둘러댔다. 물론 말도 안 되는 이야기였지만 남편은 흔쾌히 받아들여 주었다. 내심 어학연수라는 것을 가보고 싶었던 마음이 더 크기도 했다.

　그렇게 추운 겨울을 피해 따뜻한 필리핀으로 어학연수에 나섰다. 외가 쪽 사촌동생이 마침 마닐라에서 겨울학기를 맞아 어학연수를 진행하고 있었다. 남편은 어학연수를 갈 거면 호주로 가라고 했다. 동생과 상의하니 필리핀에 왔다가 호주로 건너가는 것도 좋을 것 같다고 했다. 나도 동생이 있으니 필리핀으로 가겠다고 결정했다.

　책 몇 권과 블루투스 스피커, 여름옷 몇 개를 챙겨 마닐라행 비행기에 올랐다. 공항에 마중 나온 동생이 안내해준 곳은 우리나라 사람이 이민 가서 사는 콘도미니엄식 아파트였다. 마닐라는 일반 연립주택이 아파트이고, 수영장 딸린 아파트를 콘도미니엄이라고 불렀다. 우리나라에서 콘도미니엄은 리조트를 말하는데, 우리와 개념이 사뭇 달랐다. 내 나이 또래인 집주인은 아이들이 모두 독립해서 각자 해외에 나가서 살고 부부만 살고 있었다.

사실 내가 생각했던 어학연수와는 좀 다른 모습이었다. 추운 겨울이지만 따뜻한 필리핀에 가서 어학연수 온 학생들과 함께 도미토리 같은 곳에서 같이 생활하면 외롭지 않고 영어로 이야기하며 재미있을 거라는 상상을 했었다. 그러나 나의 기대와는 완전 달랐다. 사촌 동생은 누나가 그동안 일하느라 힘들었으니 조용한 곳에서 푹 좀 쉬라고 일부러 조용한 홈스테이 할 집을 잡았다는 것이다. .

홈스테이라고 해도 주변에 자연이 있고 산책도 할 수 있는 곳인 줄 알았다. 밖에 나가면 어디든 바람이 솔솔 불고 따뜻한 햇볕을 쬐며 커피도 마실 수 있는 곳일 거라 생각했다. 이렇게 번화가 도심 한가운데 콘크리트 박스 같은 콘도미니엄에 자발적으로 감금 아닌 감금을 당할 줄은 몰랐다. 콘도미니엄 입구에는 총을 든 가드들이 상시 대기하고 있었다. 치안이 좋지 않은 필리핀에서는 고급주택이면 가드들이 늘 경비를 섰다. 외부인들은 1층 입구에서 신원이 확인되어야 엘리베이터를 탈 수 있었다. 자연 속에 있는 따뜻한 동남아를 상상했었는데 완전 예상을 빗나갔다.

영어 수업은 오전과 오후로 나뉘어 튜터가 집으로 왔다. 수업을 받으러 가는 것도 아니고 튜터가 집으로 오니 나는 더더욱 나갈 일이 없었다. 오전 9시부터 12시까지 오전 튜터가 와서 기본 영문법 수업을 했다. 오전 수업은 텍스트북 위주로 수업이 진행되었다. 워낙 영어도 못하는데 튜터의 필리핀식 영어 발음에 서로 헤매기도 했다. 점심을 먹고 잠시 쉬었다가 오후 1시부터 4시까지 다른 튜터가 왔다. 활발한 분이었기에 우리는 책보다 프리토킹을 하며 서로 이야기하다 웃기가 일쑤였다. 서로 타국의 궁금한 것을 주로 많이 이야기했다. 뭐 먹고 사는지, 빨래는 어떻게 하는지, 가족관계는 어떻게 되는지, 남자 친구와는 어떻게 지내는지 등등.

그 튜터는 한국에 대해 많이 궁금해했다. 마치 바다를 한 번도 본 적이 없는 사람이 바다를 궁금해하는 것처럼, 겨울에 눈이 오는 것도 신기해했다. 돈을 모아서 꼭 한국에 와보고 싶다고 했다. 필리핀에서는 수입이 꽤 괜찮은 편이었는데도 대충 계산해보니 3년은 모아야 할 거 같았다. 생각 같아서는 우리 집에라도 한번 초청하고 싶은 생각도 들었다. 우리나라 봄 시즌 화장품을 접했던 그 아가씨 튜터는 벚꽃에 대한 로망이 있었다. 벚꽃 피는 계절에 한국에 와 보는 게 소망이라고 했다. 그렇게 서로의 생활과 꿈 이야기를 하며 말도 안 되는 나의 콩글리시에 웃곤 했다.

다행히 홈스테이 하는 안주인은 나와 나이가 비슷해서 시간이 날 때면 이야기도 많이 하며 친구처럼 지냈다. 그러나 두 번의 튜터가 왔다 가면 적막함 그 자체였다. 치안이 삼엄한 데다 워낙 대중교통이 없어서 나갈 수도 없었다. 콧바람이라도 쐬려고 나가면 기껏해야 집과 연결된 몰에 한 번 다녀오는 게 고작이었다. 가끔 동생이나 집주인과 차를 타고 교외로 나가면 차창 밖으로 필리핀 현지인들의 모습을 볼 수 있어서 좋았다. 길거리에서 사 먹는 바나나도 맛있고, 모든 게 신기하고 재미있었다.

집에 기거하는 아떼라는 가사도우미가 있었다. 조용하고 살림 솜씨가 좋았다. 어쩌다 주방에서 마주치기라도 하면 아떼는 수줍게 살짝 웃기만 했다. 어느 날 나는 그녀와 주방에서 마주쳤다. 현지인인 그녀가 궁금하기도 하고 괜히 영어로 말하고 싶어서 고향이 어딘지, 결혼은 했는지 등등 이것저것 물어보며 말을 건넸다. 그녀의 집은 세부에서 배 타고 2시간 넘게 가야 하는 곳이라고 했다. 1년에 한 번 정도 고향에 간다고 했다. 그런데 대중교통을 타고 가는 데만 2박 3일이 걸린다고 했다.

그 이야기를 듣는데 놀랍기도 했고, 그런 그녀의 상황에 마음이 안 좋았다. 국적을 떠나 그녀도 나도 같은 한 번뿐인 인생인데 너무 다르게 살고 있다는 생각이 들어서였다. 우리는 세부를 휴양지로만 아는데 그녀에게는 1년에 한 번, 2박 3일 걸려서 가야 하는 그리운 고향이었던 것이다.

춥고 외로운 겨울을 피해서 갔던 필리핀에서 나는 더 적막하고 외로웠다. 어디 나갈 곳조차도 없었다. 한번은 콘도미니엄 안에 있는 수영장에 갔는데, 물이 너무 차가웠다. 아무리 따뜻한 동남아라고 해도 1월이었으니 거기도 겨울이었던 것이다. 용기를 내어 물에 들어가 몇 바퀴 돌며 수영을 했다. 그때 처음으로 하늘을 본 것 같다. 수영을 하며 위를 쳐다보니 건물로 둘러싸인 하늘이 보였다. 위로 솟은 야자수도 보였다. 그렇게 한 번은 수영장에 들어갔지만 물이 차가워서 두 번은 들어갈 수 없었다. 오들오들 떨며 들어왔다.

그날 저녁, 남편에게 전화가 왔다. 급기야 나는 훌쩍거리며 울었다.

향수병이 어떤 것인지 알 것 같았다. 떠날 때 계획은 두 달 정도 있는 것이었는데, 나는 외로움과 싸우다 결국 한 달 만에 집에 돌아왔다.

돌아온 후, 영어에 대한 관심이 극도로 높아졌다. 구석에 팽개쳐두었던 시원스쿨 영어탭을 꺼내서 다시 듣기 시작했다. 영어로 일기 쓰는 것도 재미있었다. 말하고 싶은데 말할 사람이 없어서 때때로 집에 있는 강아지를 앉혀놓고 강아지에게 영어로 말하기도 했다.

밖에 나가는 것을 좋아하는 나는 50살이 훌쩍 넘어 겨울의 적막함과 외로움을 피해 혼자 어학연수를 핑계 삼아 떠난 마닐라에서 타국살이 경험을 했다. 덕분에 영어에 대한 두려움도 없어지고, 못하지만 입을 열 용기는 생겼다. 비록 돌아오긴 했지만, 외로움이 나를 한층 성장시킨 계기가 된 것이다.

때로 외로움은
축복이다

외로움을 좋아하는 사람이 있을까? 아무 일 없이 혼자 외롭고 싶은 사람은 없을 것이다. 퇴근해서 집으로 돌아올 남편이나 가족들이 있는 사람들은 혼자 자유를 만끽하며 편할 수는 있다. 사람과의 관계에 치여서 차라리 외로운 게 낫다고 생각할 수는 있다. 그러나 일생을 외롭게 보내고 싶은 사람은 아마도 없을 것이다. 혼자 있다가 외롭다고 생각하면 갑자기 두려움이 엄습하기도 한다. 누구든 외로워지고 싶어 하는 사람은 없을 것이다. 그럼에도 혼자 외로운 시간은 필요하다.

오랫동안 못 봤던 사람을 만나면 서로 얼굴을 살피며 그간의 삶이 어땠는지 추측하게 된다. 나이가 들다 보니 중력에 가속이 붙어 늙는 것도 빨라진다. 누군가를 오랜만에 만나면 전보다 더 젊어지고 생기가 넘치는 사람이 있다. 그런가 하면 갑자기 훅 늙어버린 사람도 있다. 젊었을 때는 오랜만에 만나도 그 차이를 잘 모른다. 그러나 나이가 들면 얼굴에 바로 반영된다. 늙어서 주름은 늘어도 피부는 더 밝아 보이는 사람이 있다. 눈빛에 모든 세월이 담긴 사람이 있는가 하면, 오히려 빛나는 맑은 눈빛으로 세월을 거스르는 사람도 있다. 무엇이 그렇게 달라 보이게 하는 것일까?

대부분 '사람 좋다'라는 말을 듣는 사람들은 사람들과 어울려 사는 것을 좋아한다. 어떤 남자분들은 하루가 멀다고 술을 마신다. 한 잔 꺾어야 하루가 지나가는 것 같이 느껴질 때도 있다. 어떤 여자분들은 반상회 같은 시간을 굉장히 자주 갖는다. 거의 자동화 시스템이 구축된 것 같다. 거기에서도 목소리 큰 사람이 있고, 또 스스로 잘난 사람이 있다. 그러다 분쟁이 일어나기도 한다. 본인의 의지대로 하루를 사는 게 아니다. 그냥 자연스럽게 형성된 자동화 시스템으로 헤쳐 모여를 하면서 세월을 보내는 것이다. 그렇게 시간을 보내며 산 사람들은 오랜만에 만나면, 많이 늙었다는 생각이 어김없이 들게 된다.

12월 어느 날 새벽 6시 10분, 시간도 또렷하게 기억난다. 한겨울이니 6시여도 깜깜한 밤이었다. 밤늦은 시간이나 새벽에 전화벨이 울리면 심장이 얼마나 두근거리는지 아는 사람은 알 것이다. 무슨 일이 생긴 것이다. 전화 발신자를 보니 어머니 핸드폰이었다. 보통 새벽 6시면 집에서 나가시는 어머니가 집에서 나가신 지 10분 만에 전화하신 것이다. 웬일인가 싶었다. "여보세요?" 했더니 들려오는 목소리는 낯선 분이셨다. "교통사고가 났어요. 아파트 앞 건널목인데 쓰러지셔서 못 일어나고 계세요. 저는 지나가던 사람이에요. 핸드폰을 가리키시길래 제가 전화했어요"라고 하시는 것이었다.

보통 핸드폰 단축번호 1번이 가장 가까운 사람이려니 생각하고 전화를 주신 것이다. 그 전화를 받은 나는 바들바들 떨고 있었다. 얼마나 큰 사고길래 직접 전화도 못 하신 것일까 싶었다. 덜덜 떨면서 집 앞 건널목으로 향하니 어머니는 이미 병원으로 후송되었고 경찰만 있었다. 병원 응급실로 달려가 피투성이가 된 어머니를 보자 기가 막혔다. 머리부터 발끝까지 골절이 열다섯 군데였다. 연세도 있으신데 온몸에 골절을 당하셨으니 심각했다. 응급실에서 병실로 옮겼을 때는 손가락 하나도 움직일 수 없는 상태셨다. 혼자 일어나시는 데만 1년 넘게 걸리겠다는 생각이 들었다.

어머니는 지금의 나보다 한참 어린 나이에 혼자가 되셨다. 그때는 몰랐는데 지금의 나를 생각하니 어린 나이에 혼자가 되신 것이다. 갓 20살이 넘어서 결혼하셨고 오로지 가족들 챙기는 것만 생각하고 사셨다. 잠시 나갔다가도 식사시간이면 식구들 챙기는 것을 무엇보다 우선으로 생각하며 사신 것이다. 어찌 보면 '천상 여자'라는 말은 어머니를 두고 생겨난 것 같았다.

아버님이 돌아가시고 시간이 얼마간 지난 후였다. 혼자 되신 형수님이 안쓰러웠는지 작은아버지께서 자전거를 타보라시며 비싼 자전거를 어머니께 선물하셨다. 어머니는 MTB 전문가용 자전거로 전국을 누비고 다니셨다. 제주도는 물론, 유럽까지 자전거를 가지고 가셔서 투어를 하고 오시기도 했다. 중년 이후에는 여기저기 아픈 데가 많아진다. 하지만 어머니는 운동으로 건강도 지키시고 생기 넘치게 사셨다.

점점 자전거 타기가 버거워질 때쯤에는 주말에만 자전거를 타셨다. 그리고 학교에 다니셨다. 어렸을 때 다 못한 공부를 시작하신 것이다. 고등학교 3년 과정을 꼬박 다니셨다. 단 하루도 결석한 적이 없으셨다. 아마도 숙제를 안 한 적도 한 번도 없으셨을 것이다. 학교 가시는 날은 집에서 6시에 나가셨다. 그러다 고3 과정이 끝나가는 12월에 교통사고를 당하신 것이다. 어머니는 이미 대학 진학이 결정된 상황이었다. 연세가 있으셔서 선택할 수 있는 전공이 많지 않았다. 그럼에도 성적으로 당당히 대학에 합격하셨다. 우수한 성적으로 입학하신 어머니는 입학 당시 장학금도 받으셨다.

어머니가 사고로 입원해 계실 때 코로나 사태가 터지면서 병원 출입도 어려웠다. 처음 겪는 전염병 팬데믹으로 모두가 초긴장했던 시기였다. 병원에 계시기 답답하셨던 어머니는 3개월 만에 퇴원하셔서 집에서 통원 치료를 하시며 대학 입학을 하셨다. 코로나로 학교에 못 가니 줌으로 원격 수업을 했다. 학교에 안 가도 되니 어머니한테는 오히려 다행이었다. 차츰 회복되시면서 오직 공부에만 몰입하셨다. 활동할 수도 없으니 집에서 수업하시고 공부하시는 게 다였다. 어머니는 정말 종일 책상에 앉아 공부만 하셨다.

어머니는 75살에 대학에 들어가셔서 한 번도 안 놓치시고 장학금을 받으셨다. 어머니와 같이 학교 다니는 친구분들은 시험 때가 되면 늘 어머니께 물어보거나 노트를 빌리기도 했다. 어머니 책상에 놓여 있는 노트를 보고 나는 깜짝 놀란 적도 한두 번이 아니다. 돋보기를 쓰시고 깨알같이 적으며 정리하고 공부하신 흔적이 놀라웠다.

어머니가 내 나이에 대학을 가셨으면 정말 석학이 되셨을 것이라는 생각이 들었다. 그와 더불어 지금 내가 무엇을 하든 나이는 절대 문제가 아니라는 생각도 들었다. 어느 날, 어머니께 왜 이렇게까지 열심히 하시느냐고 여쭤봤었다. 어머니는 몸이 아프니 잊으려고 더 하는 거라고 말씀하셨다. 어머니뿐만 아니라 모든 위대한 사람들은 그런 비슷한 시련의 과정을 겪는다. 콤플렉스나 시련을 겪으며 위대한 삶을 산다.

아버님이 돌아가시고 난 후 많이 외로우셨을 어머니. 그런 어머니는 운동으로, 공부로 어머니의 삶을 업그레이드시킨 것이다. 졸업을 앞두고 계신 어머니는 일본어 공부를 하고 싶다고 하셨다. 영어에 이어 제2외국어까지 공부하고 싶은 열정이 생기신 것이다. 공부하시다가 공부하는 취미가 생기셨다. 어찌 보면 어머니의 외로움이 어머니의 삶에 축복이 된 것이다.

가끔 혼자 미술관을 가던 나는 멕시코의 화가 프리다 칼로(Frida Kahlo)의 자화상을 본 적이 있다. 그녀는 어린 시절 소아마비를 겪고, 교통사고를 당하며 최악의 육체적 고통을 짊어지고 살았다. 그녀는 주로 자화상을 그렸는데, 늘 병마와 싸워야 했던 자신의 모습을 자화상을 통해 위로했다고 한다. 어린 나이에 친구들과 어울리지 못하는 자신의 고독과 외로움의 시간을 그림으로 승화시켰던 것이다. 수많은 고통을 겪으면서도 끝까지 포기하지 않고 자신을 드러낸다는 것이 나로서는 상상이 안 된다. 프리다 칼로가 유명한 화가로서 이름을 알린 것은 그녀가 남긴 강한 인상의 수많은 작품 때문일 것이다. 그러나 나는 그것보다 그녀의 삶이 위대하다고 생각한다.

역경과 시련 속에서도 끈을 놓지 않고 스스로에게 끝없는 희망의 메시지를 그림으로 자신에게 보낸 것이다. 자화상을 보면 얼굴이나 표정에 강함과 의지가 돋보인다. '강한 사람이 고독하고, 고독한 사람이 강하다'라는 말이 있다. 내가 제일 좋아하는 글귀이기도 하다. 외로움은 혼자 있는 상태로서 상대의 부재를 의미하기도 한다. 아니면 태생의 본질적인 의미이기도 하다. 그러나 고독은 스스로 혼자임을 나타내는 의지적 표현이다. 프리다 칼로 같은 위대한 인물한테 딱 어울리는 말이기도 하다. 나의 어머니는 외로움을 자기 발전으로 승화시키셨다. 또한, 프리다 칼로는 역경과 고독을 누군가에게 희망의 메시지를 전하는 위대한 화가로 생을 마감했다.

우리가 이 지구 별에 온 것은 모두 이유가 있을 것이다. 우리 자신도 인식하지 못하는 위대한 목적이 있을 것이라 생각한다. 태어났을 때와 별반 다르지 않은 모습으로 생을 마감하는 것보다 소모적인 것은 없을 듯하다. 나의 정신과 마음을 한 번 더 업그레이드하는 시기가 이번 생에서 해야 할 소명이 아닌가 싶다. 우리 삶을 승화시키기에 가장 필요한 요소가 있다면 나는 '외로움'이라고 생각한다. 모든 것은 보는 관점에 따라 다르다. 누군가에게 가을은 상실의 계절이지만, 다른 누군가에게는 결실의 계절이기도 하다. 외로움도 그와 같다고 생각한다. 생각하기 나름인 것이다. 나는 혼자 있는 외로움과 고독의 시간이 우리의 삶을 승화시키는 축복의 시간이라고 생각한다.

외로움이
진짜 이웃

보통의 전업주부들은 오전에 운동하는 경우가 많다. 남편이나 가족들이 모두 나가고 나면 대충 집 안 정리를 하고 운동을 하러 간다. 고정적으로 운동을 다니다 보면 자연스레 가까이에 사는 친구들을 만나게 된다. 그렇게 멀리 있는 친척보다 가까이 있는 이웃사촌이 좋다는 것을 알게 된다. 언제든 만날 수 있고 세세한 일상까지 공유하게 되니 편하고 좋은 것이다.

일할 때는 운동을 하든 아니든 동네 친구를 만난 적이 없었다. 운동하면서 알게 된 동네 친구들은 생각보다 좋았다. 가까이 있으니 쉽게 친해지고 언제든 만날 수 있었다. 소소한 일상도 나누게 되니 더 친하게 된다. 아무리 친해도 멀리 있는 친구는 그간의 공백을 모두 이야기할 수 없으니 더 자주 안 보게 된다. 오랜만에 만나면 사실 할 이야기도 별로 없다.

나도 운동을 다니며 자연스럽게 친구들이 생겼다. 같이 운동을 다니는 동네 주민이니 자주 만나고 금세 친해졌다. 운동 끝나고 만나니 기분이 더 좋다. 하루의 큰 일과를 끝낸 듯 모든 것이 무장해제되고 여유롭게 느껴진다.

처음에는 낯설어서 서로에 대한 탐색전을 하다가 시간이 조금 지나면 급격히 친해진다. 비슷한 일상을 공유하다 보니 친해지는 것은 시간문제다. 만나고 만나도 할 이야기가 끊이질 않는다. 자주 만나서 이야기하다 보면 집안 이야기도 더러 하게 된다. 물론 남에게 중요한 이야기가 나한테도 중요한 것은 아니니, 집에 오면 생각도 안 난다. 그냥 수다를 위한 수다로만 생각하게 된다. 그런데도 가끔 집에 와서 생각하면 동네 친구의 시어머니가, 남편이, 그 친구의 친구가 내 삶에 들어와 있는 것 같은 느낌이 들 때가 있다. 그들은 나를 모르지만, 동네 친구를 통해 그 주변의 웬만한 사람들까지도 알게 되는 것이다. 이쪽저쪽 사는 이야기를 듣는 것도 흥미롭다.

어찌 보면 같이 사는 가족을 빼면 가장 가까운 게 이웃이다. 가까이에 있으니 사는 게 덜 적적하고 심심하지 않다. 알게 모르게 연대감이 생기기도 한다. 그러다 어느 날, 덩그러니 혼자 있는 나를 보면 더한 외로움과 초라함이 느껴질 때도 있다. 뭔지 모르게 비교하게 되고, 내 삶이 부족함으로 텅 비어 있는 듯한 느낌이 들 때도 있다.

한번은 집 앞 벤치에서 친구 몇몇과 이야기를 하고 있었다. 여자 한

분이 우리가 이야기하는 동안 주변에서 계속 서성이다가 말을 건네오셨다. 알고 보니 같은 아파트 주민이었다. 나이가 있으셔서 나는 자연스럽게 언니라고 불렀다. 너무 반갑다며 전화번호를 물어보길래 쭈뼛거리며 전화번호를 주고받았다. 같이 있던 친구들은 누군지도 모르는데 전화번호를 주느냐고 걱정스러운 마음으로 나를 나무랐다. 나는 속으로 '동네 주민인데 뭐 어때? 그리고 전화번호 안다고 무슨 일이 일어나는 것도 아닌데'라고만 생각했다.

그런데 그분은 다음 날 아침부터 집으로 커피 마시러 오라고 전화를 하셨다. 오늘 일이 있어서 못 간다고 해도 꼬치꼬치 물으셨다. 나는 적당히 예의를 갖춰 거절하고 전화를 끊었다. 문제는 저녁이었다. 저녁에 봉사 모임에서 행사가 있었다. 행사 도중 그분에게서 또 전화가 왔다. 어디냐고 하셔서 모임에 행사가 있어서 나왔다고 했다. 그분은 나한테 급하게 부탁할 일이 있다며 현금 200만 원만 가지고 집으로 와달라는 것이다. 나는 너무 어이가 없었지만, 예의를 갖춰 지금 갈 수 있는 상황이 아니라고 말하고 거절을 했다. 그랬더니 그렇게 급한 일이 어디 있냐며 다짜고짜 막무가내로 선을 넘어왔다.

속으로 정말 별일을 다 겪는다고 생각했다. 어제 집 앞 벤치에서 처음 봤을 뿐인데 뭐에 홀린 거 같았다. 전화를 끊고 바로 전화번호를 삭제했지만, 너무 어이가 없었다. 행사 내내 기분이 안 좋았다. 같은 아파트에 살면서 오가다 마주칠 수도 있는데, 괜히 아는 체했다 싶었다. 가까이 사는 사람은 모두 이웃이라고 생각한 나의 착각이었다. 이웃이라고 무조건 친화력을 발휘했던 나는 어디 가서 말하면 바보라는 이야기만 들을 것 같았다.

공동체 생활을 했던 예전에는 지리적으로 가까이 사는 사람들만 이웃으로 생각했다. 그러나 지금은 이웃의 개념도 달라졌다. 지리적으로 가까운 사이도 이웃이지만, SNS를 통해 자주 연락하는 사람들도 심리적으로 이웃으로 느껴진다. 한 번도 만난 적이 없어도 SNS를 통해 자주 보다 보면 이웃이 되기도 한다. 그러다 실제로 만나면 오랫동안 알아온 사람처럼 반갑고 금세 친해진다.

SNS를 통해 일상을 공유하다 보면 실제 만나지 않아도 깊은 친근감이 생기는 사람들이 있다. 내가 활동하는 SNS에도 그런 분들이 있다. 혼자 우리나라를 4박 5일 동안 다닐 때, 저녁이면 혼자 핸드폰을 보며 조심스레 나의 하루를 포스팅하기도 했다. 멋지게 보일 의도는 없었다. 그때만 해도 그런 활동이 거의 처음이라 쑥스럽고 부끄럽기까지 했다. 또한, 나의 포스팅에 사람들이 어떤 반응을 보일지 두려움도 있었다. 짧게 올리는 나의 글에 '좋아요'와 댓글은 힘이 되는 응원이었다. 정말 힘들 때는 그런 작은 관심과 한마디가 큰 힘이 된다는 것을 처음 알았던 것 같다.

그때부터 꾸준히 소통하는 몇 분이 있다. 아직 한 번도 본 적은 없지만 깊은 연대감을 느끼고 있다. 가끔 그분들이 올리는 포스팅에 진심으로 환호하고 축하하며 감사하고 있다. 언젠가 만나면 오랫동안 만나온 친구나 가까웠던 이웃보다 더 반가울 것 같기도 하다. 짧은 포스팅이지만 사진과 글에 그 사람이 드러난다. 그게 글이 가진 힘이리라.

지금 내가 활동하고 있는 온라인 카페도 마찬가지다. 사실 글을 쓰다 혼자 잠시 있다 보면 외롭다는 생각이 들기도 한다. 그러나 나갔다 오면 그 시간의 몇 배가 그냥 의미 없이 지나간다. 집중의 끈을 놓으면 무척이나 산만해지는 것이다. 그래서 쉬어도 집에서 혼자 있게 된다. 그러다 온라인 카페에 올린 포스팅에 답글을 달고, 좋은 소식에 축하하고 좋은 글에 감사한 생각도 든다. 어찌 보면 혼자 있는 외로운 시간이 나의 가장 가까운 이웃이 된다.

사람이 만나면 리드하는 사람이 있고, 따라가는 사람이 있다. 대부분 아쉬운 사람이 먼저 연락하게 되는 것 같다. 아쉽다고 해봐야 오늘 특별한 일이 없어 심심하다든지, 이번 주에 시간이 많다든지 하는 그런 정도다. 사랑도 더 좋아하는 사람이 끌려가게 되듯이, 친구도 먼저 연락하는 사람이 '을'의 입장이 되는 것 같다. 즉, 심심하고 시간 많은 사람이 '을'이 되는 것이다.

성격이 외향적인 나는 늘 먼저 연락하거나 모임을 주도하는 편이었다. 그런데 상대편으로부터 바쁘다는 이야기를 몇 번 듣게 되면 더 이상 연락을 안 하게 된다. 가까이 지내던 만큼이나 더 소원한 사이가 되기도 한다. 가까이 있어 좋기만 했던 이웃도 멀어지는 것은 한순간이다.

가끔 거울 속에 비친 내 모습이 낯설게 느껴질 때가 많았다. 더군다나 거울과 친하지 않았던 나는 거울 속에 비친 내 모습이 정말 '나'인가 싶을 때가 종종 있었다. 나만 그런 것인지는 모르겠다. 사실 거울 속의 나보다 사람들을 통해 보이는 내가 '나'라고 생각하며 산 적이 더 많았다. 사람들에게 투영된 내 모습이 '나'라고 여겼다. 그래서 항상 거울 속에 내가 더 낯설게 느껴졌는지도 모르겠다.

나이가 50살이 넘어 나를 알고 혼자만의 시간을 보내면서 이제는 내가 정말 나의 가장 가까운 이웃이 된 것 같다. 종종 노트북이나 책을 들고 카페나 도서관을 간다. 가끔 혼자 드라이브를 하며 자연을 만끽하기도 한다. 저녁 식사 후에는 이어폰을 끼고 동네도 산책한다. 그렇게 지내다 보면 실제 이웃을 만나는 것보다 즐거울 때도 많다. 카페에도 도서관에도 나와 비슷한 사람들이 많다. 산책을 하다 보면 같이 걷는 사람들이 있다. 가끔 혼자 있다가 웃기도 한다. 정말 나의 이웃은 나 자신이라는 것, 나의 외로움이 나를 알아보게 했다는 것에 오히려 감사하다는 생각이 들었다. 외로움은 어찌 보면 가장 가까운 나의 이웃이다.

친구의 숫자와
외로움은 반비례하는가?

학창 시절, 전학을 많이 다닌 나는 친구가 별로 없었다. 친구가 많아진 것은 오히려 나이가 50살이 넘어서다. 시간적 여유가 생기니 가는 곳마다 새로운 친구들이 생겼다. '만나는 친구를 보면 그 사람을 알 수 있다'라는 말도 옛말인 듯하다. 왜냐하면, 만나는 그룹마다 성향이나 색깔이 다 다르기 때문이다. 그러다 보니 만나는 친구에 따라 나의 성향도 자연스럽게 달라진다. 이 친구들을 만나면 이렇게, 저 친구들을 만나면 저렇게 맞춰진다. 어찌 보면 카멜레온 같다는 생각이 든다. 그렇다고 친구들을 가식적으로 대하는 것은 아니다.

가끔 카톡 프로필 사진이나 SNS에 친구들과 함께 찍은 사진을 올리는 사람들이 있다. 한두 번은 친구들과 좋은 곳에 갔구나 생각한다. 그런데 늘 친구들과 화려하게 찍어 올린 사진을 볼 때면 친구가 많다는 것을 과시하는 것처럼 보일 때가 있다.

살면서 누구나 친구와 싸운 적이 있을 것이다. 이유가 있어서 싸우기도 하지만, 그것보다는 사소한 오해로 싸우는 경우가 더 많은 것 같다. 어렸을 때 친구와 심하게 한 번 싸운 적이 있다. 사실 싸울 일도 아니었다. 친구랑 둘이 걷다가 다른 생각이 떠올라 혼자 웃었는데, 영문도 모르는 친구는 내가 자기를 비웃었다고 생각한 것이다. 왜 그렇게 생각하는지 도통 알 수가 없었다.

나는 누구랑 함께 있다가도 혼자 딴생각에 웃는 경우가 많다. 아니면 이야기하는 도중에 다른 일이 떠올라 혼자 웃기도 한다. 지금 생각해보니, 나는 웃긴 생각이 떠올라 혼자 웃고 나서 그 이유를 이야기하는 경우가 종종 있다. 나도 왜 그런 것인지 잘 모르겠다. 요즘도 편한 자리에서는 늘 그런 식이다. 먼저 웃고 시작한다. 그러면 친구들은 그냥 따라 웃으며 "뭔데? 뭔데?" 하며 같이 웃는다. 나이가 들어서인지, 성향이 그래서인지 요즘 친구들을 만나면 이런 식이다.

그런데 어렸을 때는 그런 마음의 여유나 서로에 대한 이해심이 부족했던 것 같다. 그때는 그 상황이 너무 이해가 안 되었다. 알 수가 없었다. 나는 그게 아닌데 그렇게 생각하는 친구가 너무 야속했다. 아무것도 아닌데 서로가 알 수 없는, 절대 이해 못 하는 영역이 있나 싶었다. 그렇게 싸운 후 다시 안 볼 듯 돌아섰지만, 그 이후 어쨌든 다시 친하게 지내기는 했다. 오해를 푼 것인지, 그냥 친구려니 생각하고 넘어간 것인지는 모르겠다.

나는 그 싸움의 이유가 너무 궁금했다. 왜냐하면, 그런 사소한 일로 싸울 만큼 서로 잘 모르는 사이가 아니었기 때문이다. 그 당시 누구보다 친했던 친구였다. 내 나름대로 내린 결론은 혈액형 탓이었다. 혈액형으로 분석해본 결과, A형인 그 친구와 B형인 나는 성향이 다르다는 결론을 내렸다. 그 친구와 나뿐만 아니라 나의 엄마, 아버지가 왜 그렇게 서로를 이해 못 하고 싸운 것인지도 알게 되었다. A형인 엄마와 B형인 아버지가 서로 이해를 못 한 게 많았을 것이라는 결론을 내렸다. 마치 화성에서 온 남자와 금성에서 온 여자처럼 말이다. 사실 혈액형이 다 말해줄 수 있는 것은 아니지만, 그 당시 나로서는 그렇게밖에는 이해할 방법이 없었다.

어려서부터 외로움을 많이 탔던 나는 사람에게 연연하는 부분이 많다. 그래서인지 마음에 안 드는 사람을 만나도 웬만하면 절교하는 경우가 없다. 내 눈에는 절교할 만큼 싫은 사람이 없기도 했다. 누구나 장점도 있고 단점도 있다. 이상하게 친구를 만나면 장점밖에 안 보인다. 그렇다고 단점을 모르는 것은 아니다. 그냥 모른 체할 뿐이다. 누구든 원수처럼 척지는 게 참 싫었다. 그냥 불편하면 불편한 대로 덜 만나면 될 일이라고 생각했다.

그런 내가 얼마 전부터 선언했다. 나는 환갑잔치를 할 거라고, 지금부터 내 환갑잔치에 올 만한 사람만 만나겠다고 말했다. 주변 사람들은 요즘 환갑잔치하는 사람이 어디 있냐고 비웃듯이 말했다. 그래도 나는 할 거라고 되받아쳤다. 갑자기 왜 그런 생각이 들었는지 모르겠다. 엄마가 돌아가시고 고아 아닌 고아가 되었다는 생각이 들었다. 지금까지 살면서 외롭다고는 했지만, 사람이 그렇게까지 외로울 수 있다고 생각한 것은 처음이었다. 그동안 느꼈던 외로움과는 사뭇 다른 느낌이었다.

아니면 내가 변해야겠다는 생각이 강하게 들어서였는지도 모르겠다. 시간이 많아도 그냥저냥 만나는 사람들에게 나의 에너지와 시간을 함부로 쓰지 않겠다는 나의 다짐이었는지도 모르겠다.

그런 나의 선언에 화환을 보내겠다는 둥, 축의금을 내겠다는 둥 여러 가지 말들이 많았다. 나는 과연 지금 만나는 사람 중에 몇 명이나 내 환갑잔치에 올 수 있을까 생각했다. 60살이면 새롭게 살기에 늦지 않은 나이라는 생각이 들었다. 소중한 나의 인생을 아무나와 나누지 않고 싶어졌다.

엄마가 돌아가시면서 참 고마운 친구들이 많다는 것을 알게 되었다. 고등학교 졸업 이후 만난 적도 거의 없고 이름만 겨우 기억나는 친구들조차 많은 위로를 해주었다. 생각지도 못한 친구들에게 받은 위로는 슬픔을 견디는 큰 힘이 되었다. 힘들 때는 정말 작은 것도 큰 힘이 된다. 엄마 장례식장에서 밥이 맛있다는 말조차도 위로가 되었다. 장례식이 끝난 후 고맙다는 전화를 하면서 엄마 생각에 많이 울기도 했다. 그리고 정말 잘 살아야겠다는 생각을 많이 했다. 그것도 반듯하게.

학원에서 주로 아이들과 생활했던 나는 학생들을 보면 성적과 성향이 대충 파악된다. 커서 어떤 모습의 어른이 될지가 보인다. 지나가는 학생만 봐도 웬만하면 학년까지 알아맞힌다. 성인인 어른을 만나면 어렸을 때 어떤 학생이었을지 바로 상상된다. 그런데 어른을 어른으로만 보면 파악이 잘 안 된다. 그래서인지 나는 사람 볼 줄 모른다는 말을 종종 듣는다. 불행인지, 다행인지 내 눈에는 다 예뻐 보이고 좋은 사람으로 보인다. 참 바보 같다는 생각이 들 때도 있다. 장점이 보이면 장점만 크게 보고, 단점은 잘 안 본다. 어디 가서 사기 한 번 안 당하고 산 게 용하다는 생각이 들 때도 있다.

이런 나도 사람을 직관적으로 판단하는 방법이 있다. 방법이라기보다는 그냥 직관이다. 친구와 여행을 가보거나 고스톱을 쳐보면 알 수 있다. 어쩌다 친구들이나 가족끼리 여행을 가면 고스톱 칠 일이 생긴다. 그러면 그 사람에 대해 거의 파악이 된다. 또 다른 것은 메시지다. 상대방과 핸드폰으로 대화를 나누다 보면 어떤 사람인지 대충 파악된다. 꼭 나와 비슷하고 결이 같아야 친구가 되는 것은 아니지만, 어느 정도로 나와 맞을지 아닐지가 보인다.

결혼한 지 얼마 안 되었을 때 컴퓨터를 전공한 남편은 다니던 직장을 그만둔 후, 컴퓨터 장사를 시작했다. 한창 컴퓨터가 보급되던 시절이었다. 그 당시 남편은 "처음에는 인터넷 때문에 장사가 잘되었는데 이제는 인터넷 때문에 컴퓨터 가게가 망하고 있다"라는 말을 했다. 아마도 온라인이 발달하면서 오프라인 매장의 위기가 온 것이리라. 그런데 그것도 있지만, 나는 다른 이유가 있었다는 생각이 들었다. 컴퓨터 가게를 시작한 지 얼마 안 되어 남편 친구가 피시방을 하겠다며 찾아왔다. 2,000만 원 상당의 컴퓨터를 먼저 설치해주고 돈은 차차 갚겠다는 이야기였다. 나도, 남편도 안 된다고 말했지만 결혼하고 애도 생겼는데 먹고살 방법이 없다며 간청한 것이다. 마음 약한 남편은 결국 친구의 부탁을 들어주고 말았다.

그러나 시간이 아무리 지나도 그 친구는 돈 갚을 능력이 안 되었던 것 같다. 대출받아 시작한 영세업자인 남편이 그 당시 꽤 큰돈인 2,000만 원을 그냥 준 것이나 다름없었다. 게다가 당시에 IMF까지 터지면서 남편은 거액의 빚만 떠안은 채 사업을 접고 말았다. 몇 년 동안 그 친구에게 사정도 해보고 찾아가기도 했지만, 그 친구에게는 아이 먹일 분윳값도 없는 것 같더라며 결국 그 돈을 포기하고 말았다. 몇십 년이 지난 지금까지도 연락 한번 없는 그 친구가 잘 살고 있는지 모르겠다. 그때는 괘씸한 생각이 들었지만 잘 살고 있다면 그나마 다행이라 생각한다.

살수록 친구가 좋다. 그러나 모든 친구가 다 좋은 것은 아니다. 나이 들어 만나는 친구는 편해야 한다. 그렇지 않으면 안 보고 싶다. 친구 없어 외롭거나 친구가 무엇보다 중요한 나이도 아니다. 친구가 많다고 좋은 것도 아니다. 오히려 그런 친구들 때문에 정말 소중한 친구를 잃을 수도 있다. 이 나이가 되니 몇몇의 진짜 친구만 있다면 세상 살면서 덜 외로울 수는 있겠다는 생각이 든다. '내가 축하받을 일이 있을 때 누가 진심으로 축하해줄까?'라는 질문에 떠오르는 친구, 진짜 내가 아프거나 힘들 때 전화하면 와줄 수 있는 친구. 그 정도의 친구만 있으면 숫자와 상관없이 충분하다는 생각이 든다. 모든 것은 상대적이다. 좋은 친구를 찐친으로 두려면 나 또한 좋은 친구가 되어야 한다. 그러니 친구의 숫자에 연연하지 말고 나에게 집중하며 살아야겠다는 생각이 앞선다.

외로울 때가
나를 마주할 시간이다

어떠한 위대한 업적이나 인생도 외롭지 않은 시간에 이루어진 것은 없다. 외로운 시간에 위대한 업적도 이루어지고 발전한 나를 만들 수도 있다. 아직도 내가 누구인지, 어떤 사람인지 모른다면 많은 사람 속에 피상적인 즐거움만을 추구하며 살았을 가능성이 크다. 아니면 나를 마주 대하는 것이 어색해서 오로지 누군가와 함께 있는 시간으로 일상을 채워간 것은 아니었을까?

누구나 혼자 태어나 혼자 죽는 거라 생각한다. 하지만 이 사실을 잠시나마 잊고 싶어서 누군가와 함께하는 시간을 더 확보하려고 하는지도 모르겠다. 나는 소심한 겁쟁이다. 겁이 많고 두려움도 많다. 그러다 보니 불안감도 크다. 어려서부터 엄마와 떨어져 살아서인지 분리 불안증도 있었다. 그런데 어느 순간부터 삶에 대한 두려움이 조금씩 사라졌다. 그냥 객기로 큰 소리를 치는 게 아니다. 혼자 있는 시간을 보내며 나를 알게 된 과정은 나에게 가장 큰 힘이 되었다. 혼자 보내는 시간 동안 독서를 하면서 나의 믿음에 확신이 생겼다. 무수한 책에서 알려주고 있었다. 생의 비밀을, 우리가 세상에 온 이유를. 그래서 생이 나에게 주는 의미를 알았다. 아니, 알아가고 있다.

《심청전》을 '효'를 강조하는 전래 동화로만 여길 것이 아니다. 그 안에는 많은 진리가 담겨 있다. 심 봉사가 눈을 떴다는 것은 현물을 볼 수 있다는 것만을 의미하는 게 아니다. 의식을 깨워서 존재하지만, 눈으로는 보이지 않는 것을 볼 수 있는 지혜의 눈을 뜬다는 의미로 생각된다. 심청이의 공양미 300석은 우리의 의식을 깨우기 위한 노력이 아닐까.

참된 독서란, 읽고 깊이 생각하며 음미해야 한다. 그리고 내용과 곁들여 내 생각을 정리할 수 있어야 한다. 그런 일련의 과정을 통해 내 삶이 점진적으로 변할 수 있어야 참된 독서라 할 수 있다. 알고는 있지만 언제나 읽는 것에 그쳤다. 읽는 것만 급급했다. 와닿는 문구에 크게 공감하고 그게 끝이었다. 그럼에도 불구하고 독서는 나의 가장 큰 취미이고 힘이었다. 마음이 어지럽거나 힘들고 외로울 때는 언제나 책에 의존했다. 책이 있다는, 아니 읽을 책이 있다는 것이 내게는 언제나 가장 큰 위안이었다.

언젠가 독서 토론 모임을 했던 적이 있다. 책 한 권을 정해서 읽고, 간단하게 내용을 이야기하고 자기의 생각을 발표하는 브런치 모임이었다. 처음에 취지는 좋았으나 가면 갈수록 본인들의 신변잡기 이야기를 나누는 친목 모임이 되었다. 나는 아이가 없다 보니 어디를 가도 자식들 이야기가 나오면 할 말이 없어진다. 이야기의 대부분이 자식과 남편, 시댁 이야기였다. 물론 다른 사람들 사는 이야기를 듣는 것도 나쁘지 않았다. 모두가 열심히 살고, 정보도 공유할 수 있어서 좋은 점도 있었다.

그렇게 좋아했던 독서 토론 모임을 그만둔 것은 일정한 시간을 빼야 하고 오가는 시간이 아까워서였다. 시간을 들이는 만큼의 의미가 없어졌다. 그 외에도 내가 그 모임을 그만둔 또 다른 이유는 내가 생각하는 관점이나 말들이 겉돈다는 생각이 들어서였다. 다른 사람의 의견이나 관점에 맞추며 공감해야 더 돈독해지고 좋은 멤버가 되는 것 같았다. 자유롭게 토론하자고 만난 모임이었는데, 내가 아웃사이더 같다는 생각이 들었다. 타인의 의견에 공감하는 위주로 토론이 진행되다 보니 별로 의미가 없어졌다. 토론이란, 서로 다른 관점을 나누는 것이 먼저라 생각했다. 그런데 나의 의견보다는 타인의 의견에 묻혀가야 공감 능력이 있는 것처럼 느껴졌다. 여럿이 모여도 큰 소득이 없다는 생각이 들었다.

어쩌다 혼자가 되면 그 시간은 나를 돌아보고 마주하게 되는 기회가 된다. 사실 그런 기회가 기회인 줄은 시간이 지나고 나서야 알게 된다. 그때는 괜히 떨어져 나와 혼자가 되었다는 쓸쓸함과 초라함이 느껴지기도 한다. 다행히 나는 그런 것에 크게 신경 쓰는 타입이 아니라서 그러려니 하고 넘어간다.

중학교 2학년 때다. 그 당시는 우리나라 대표 가왕이라고 일컫는 가수 조용필의 전성기였다. 말 그대로 '용필 오빠'를 외치던 시기였다. 그때도 키가 컸던 나는 학급에서 번호도 뒤 번호이고, 자리도 늘 뒤쪽 자리였다. 그런데 이상하게 뒤쪽에는 항상 좀 노는 아이들이 많았다. 그때 당시 그 친구들을 일명 '날라리'라고 지칭했다. 학교에서 운동하는 친구들도 거의 뒷자리에 앉곤 했다.

중학교 2학년이 되어 얼마 지나지 않았을 때, 그 '날라리' 같은 친구들이 나를 자신들의 무리에 끼워주었다. 그냥 보기에는 잘 웃고 재미있는 친구들이었다. 물론 나쁜 친구들은 아니었다. 단지 관심이 다른 것에 있고, 조금 더 나보다 세상에 밝은 친구들 같았다. 그런 친구들이 용필 오빠도 볼 겸 겸사겸사 주말에 여의도에 놀러 가자고 제안해왔다. 나는 아무 생각 없이 친구들과 여의도로 갔다. 용필 오빠를 볼 수 있을 거라는 생각보다 친구들과 함께한다는 것이 좋았다. 여의도로 간 친구들은 광장에서 롤러스케이트를 타자고 했다. 나도 스케이트는 탄 적이 있었던 터라 어렵지 않게 롤러스케이트를 탈 수 있었다. 그런데 이 친구들의 목적은 다른 데 있었다. 롤러스케이트를 타며 남학생들과 어울리고 그들과 연락처를 주고받는 게 주목적이었던 것이다.

순진하고 바보 같았던 나의 어리바리한 행동이 그 친구들의 목적에

방해가 되었던 것 같다. 여의도를 갔다 온 이후 한 친구가 나에게 그런 식으로 행동하고 말하면 안 된다며 가르치듯 말했다. 무슨 말인지 알아 듣지도 못했던 나를 그 친구들은 외면하기 시작했다. 그 이후부터 혼자 묵묵히 학교만 다녔다. 분위기를 지켜보던 같은 반 다른 친구들이 한두 명씩 나에게 다가오기 시작했다. 그 새로운 친구들은 나에게 그 친구들 이 이제 완전히 날라리가 되었다며, 그 친구들과 어울리지 않은 게 다행 이라고 나에게 말해주었다. 사실 그때도 그냥 그러려니 하고 별로 신경 쓰지는 않았다.

그 이후 나는 학교생활에만 충실했다. 공부는 뛰어나게 잘하지 못했 지만, 모범생 같은 나를 그 친구들은 그냥 같은 반 친구로만 생각하며 편히 지냈다. 그 이후에 그 친구들은 자기들끼리 비밀스러운 사담이 많 아지고 늘 뭔가 작당하는 것처럼 보이긴 했다. 나중에 생각해보니 나의 어리숙함으로 그 친구들 모임에 끼지 않은 게 참 다행이었다. 어린 마음 에 이상한 호기심이 발동하거나 친구들이 마냥 좋아서 내 인생의 방향 이 틀어질 수도 있었다.

항상 혼자 사색하고 책 읽는 것을 좋아했던 나는 외롭지만 그 시간이 참 좋았다. 누군가와 함께 있는 시간은 즐겁다. 함께 있으면 다른 사람 들도 눈에 안 들어오고, 세상이 우리 위주로 돌아가는 듯한 생각이 들기 도 했다. 그러나 그런 가운데 나는 늘 불안감에 쫓기기도 했다. 혼자 유 유자적할 수 있는 시간이 되어야만 뭔가 더 안정감이 들었다. 그래야 시간이 아깝지 않고 충만함으로 채워지는 것 같았다.

'천재는 1%의 영감과 99%의 노력으로 이루어진다'라는 말을 어려서부터 자주 들어왔다. 하지만 99%의 노력을 하는 것은 역시나 천재들이나 할 수 있는 것이라 생각했다. 천재들에게 있는 무의식이나 잠재의식이 나에게도 있을 거라는 생각은 해볼 엄두조차 내지 못했다. 그러나 나에게도 잠재의식이 있고, 그것을 어떻게 생각해야 하는지 책을 통해서 알게 되었다. 친구들과 어울리는 것을 별로 좋아하지 않았던 나는 책이 가장 좋은 친구라고 생각하며 살았다.

나는 20살이 되면서 《카네기》부터 읽기 시작했다. 무슨 말인지도 모르고 그냥 읽었다. 헤르만 헤세(Hermann Hesse)의 《수레바퀴 밑에서》라든가 《데미안》 같은 책들이 왜 중학교 때부터 방학 숙제로 필독서였는지 이해가 되지 않았다. 너무 어렵게 느껴졌기 때문이었다. 중학교 2학년 때부터 필독서였던 책들을 20살이 넘어서 읽기 시작했다. 데미안은 몇 년에 한 번씩 다시 읽었는데 그때마다 느낌과 의미가 다르게 느껴졌다.

김도사, 권마담의 《새벽 5시 필사 100일의 기적》이라는 책을 보면 '혼자만의 시간이 중요하다. 혼자 있어야 타인의 말과 생각에서 자유로워진다. 내가 원하는 것에 집중하게 된다. 처음엔 어색할지라도 그 시간이 쌓여서 내면이 충만해진다. 비로소 삶의 여유와 활력을 만날 수 있다'라는 내용이 있다. 100% 공감 가는 말이다. 외로울 때가 나를 알게 되고 그것은 나를 위한 시간이 된다. 내가 충만함으로 가득 찰 때, 비로소 삶이 기쁨으로 넘치고 두려움 또한 없어진다. 삶은 누가 채워줄 수 있는 것이 아니다. 혼자 외로운 시간이 진짜 나를 마주하는 시간이다. 그렇게 나를 마주하는 시간이 보다 나다움을 찾는 소중한 시간이라 믿는다.

4장

하마터면
어영부영 늙어버릴 뻔했다

행동으로
두려움에 맞서라

　가끔 학창 시절에 같은 학교에 다녔던 친구들을 떠올려본다. 초등학교와 중학교를 서울에서 다녔던 나는 또래 친구들이 참 많다고 생각했었다. 초등학교 4학년 때 시골에서 서울로 전학을 왔다. 처음 온 서울은 놀라웠다. 처음 전학 왔는데 담임 선생님께서 다음 주부터는 오후에 학교에 오라고 하셨다. 학생이 너무 많아 학교도 2부제로 등교한다는 것을 몰랐던 나는 어리둥절했다. 학급 수도 많은데 그것도 부족해 2부제로 학교가 운영되었다. 지금 생각하면 그렇게 많은 학생을 선생님들은 어떻게 관리하고 이끌어가셨는지 의문이 들곤 한다. 지금은 상상도 못할 일이다.

　그렇게 많았던 또래 친구들은 어떻게 살고 있는지 궁금해진다. 부잣집에 공부도 잘하고 예쁘기까지 했던 수많은 내 또래들을 생각하면 내가 무엇을 해서 성공한다는 것이 불가능할 거라는 생각이 들곤 했다. 그렇게 '잘나 보이던 많은 또래가 있는데 나 따위가 세상에서 무엇을 할 수 있을까?' 하는 생각이 들기도 했다. 고단한 경쟁 속에서 작은 둥지 하나 틀고 숨죽이며 그것이 내 세상의 전부라고 생각했다. 그 작은 둥지를 지키려 갖은 애를 쓰며 살았다. 가난하고 재능도 없고 무엇 하나 할 수 있는 게 없다는 생각으로 살았다. 돋보이고 튀고 싶었지만, 한껏 웅크리고 작은 나의 영역을 지키느라 겨우 숨만 쉬고 살았다.

학창 시절, 체육 시간에 하던 뜀틀이 왜 그렇게 어렵고 안 되었는지 모르겠다. 그렇게 극복하지 못한 채 학창 시절이 끝나버렸다. 큰 용기를 내고 숨을 고르고 성공하겠노라며 뜀틀을 노려보다가 전력 질주를 했지만, 뜀틀 앞에서 그냥 서버리기가 일쑤였다. 한 번도 성공한 기억이 없다. 최선을 다해 뛰어도 뜀틀 위에 턱 하고 주저앉는 게 다였다. 그 두려움이 어른이 되어서도 남아 있었다.

결혼 초기에 남편과 크게 다툰 적이 있다. 다른 곳도 아니고 놀이공원에서였다. 시골에 살다 보니 아주 어렸을 때 빼곤 큰 놀이공원을 가본적이 없었다. 놀이공원 하면 나는 무조건 재미있고 즐거운 곳이라 생각했다. 마냥 신나서 갔던 놀이공원에서 남편이 '독수리 요새'라는 기구를 타자고 했다. 레일 아래 탈 것이 있고, 거기에 타면 시속 80킬로로 달리는 것이다. 보기에도 너무 무서워 보였다. 그러나 처음이라 그냥 탔다. 불과 3분도 안 되는 시간에 지옥을 경험한 것 같았다. 그 짧은 시간에 내가 할 수 있는 후회는 다 한 것 같다.

두 번 다시는 안 탄다고 선언했으나 종종 갔던 놀이공원에서 남편과 끝내 다투고 말았다. "같이 타자", "혼자 타" 이 말을 반복하며 다투기 일쑤였다. 나 때문에 놀이공원에서 제대로 즐기지 못하는 남편은 나를 달래다 토라지기를 반복했다.

그러다 어느 날 기껏 해봐야 놀이기구인데 그 앞에서 무서워하고 있는 내가 답답해졌다. 학창 시절의 뜀틀이 생각난 것이다. '죽기야 하겠어!'라는 심정으로 다시 그 '독수리 요새'에 탔다. 심장은 터질 듯이 뛰었지만, 눈을 감으면 더 무서울 것 같아서 눈을 크게 떴다. '얼마나 빠른지 두 눈으로 똑바로 보겠어!'라는 결심까지 했다. 그렇게 마음을 다지고 두 눈을 크게 뜨자 바람이 너무 시원하게 느껴졌다. 이리저리 움직이는 기구에 몸을 맡기니 신나기까지 했다. 두려웠던 놀이기구를 한번 타고 재미있다고 생각하자 무서워 보이는 다른 놀이기구도 두세 번씩 더타기도 했다. 그때까지도 극복하지 못한 뜀틀을 뛰어넘은 기분이었다. 비록 놀이기구였지만, 그런 작은 것들이 두려움에서 나를 해방시켜준다는 것을 알게 되었다.

2년 전쯤, 운동하러 다니던 수영장 상가에 큰불이 났다. 주상복합이라 매우 위험한 상황이었다. 매일 아침 수영을 가는 게 낙이었는데, 큰불이 나면서 수영장을 못 가게 된 것이다. 쉽게 복구될 상황이 아니었다. 그래도 '좀 있으면 다시 문을 열겠지' 하며 기다렸다. 하지만 복구하는 데 시간이 생각보다 많이 걸렸다. 갑자기 다니던 수영을 못하게 되자 나는 딱히 할 일이 없어졌다.

어느 날 같이 수영하러 다니던 동네 상팔자 멤버들끼리 모여서 이런 저런 이야기를 하고 있었다. 그러다 한 명이 열흘만 일해보자며 아르바이트를 제안했다. 아르바이트라는 것은 생각해보지도 않았었다. 그러자 옆에 있던 한 분이 요즘 타일이 대세라며 타일을 배워보라고 하는 것이었다. 일당도 세고 자격증을 따면 쓸모도 있고 소액으로 창업도 가능하다는 이야기였다.

어차피 시간은 많고 할 일은 없던 터라 귀가 솔깃해졌다. 이왕 아르바이트할 거면 제대로 된 기술을 배워서 비전 있게 해보자는 생각이었다. 국가고용센터에 가면 국비도 지원해준다고 알려주었다. 하필이면 국비 지원하러 가는 날이 건강검진이 예약되어 있던 날이어서 수면 내시경을 한 뒤의 마취에서 덜 깬 상태에서 세 명의 멤버가 우르르 가서 빠르게 국가지원비를 신청했다.

과정이 맞는 학원이 멀어서 지하철 타고 버스 타고 가는 데만 2시간이 걸렸다. 시간 맞춰 가려면 6시에는 일어나야 했다. 아줌마 셋이 야심 차게 새벽공기를 마시며 타일학원에 갔다. 어떤 곳인지, 어떤 사람들이 오는지 궁금했다. 타일이니 아무래도 우락부락하고 나이 드신 남자분들이 대부분일 거라고 상상하며 갔다. 그러나 예상 밖이었다. 30~40대 젊은 친구들이 대부분이었다. 개중에는 30대 초반의 여리여리한 아가씨도 있었다. 상상했던 것과는 너무 달라서 놀랐다. 아마 그 친구들도 우리를 보고 놀랐을 것 같다. 손톱에 네일아트까지 한 아줌마 셋이 타일을 배우겠다고 왔으니 지금 생각하면 정말 웃긴 상황이었다.

수업이 시작하자마자 우리는 바로 자격증 시험 원서를 접수했다. 속전속결로 끝내리라는 각오였다. 타일 선생님께서 타일 시험은 멘탈 싸움이라고 계속 강조하시길래 무슨 이야기인가 싶었다. 타일이 노가다지, 무슨 멘탈인가 싶었던 것이다. 나는 한국의 가우디(Antoni Gaudi)를 꿈꾸며 스페인 가우디성당 굿즈샵에서 샀던 가우디 티셔츠까지 입고 당당히 다녔다. 처음 시멘트 반죽을 할 때는 흙장난하는 것 같이 재미있게 느껴졌다. 물만 넣어 반죽한 시멘트로 타일을 벽에 붙이는 게 신기했다. 안 하던 일을 하니 재미있기도 했다. 머리를 쓰며 해야 하는 골치가 아픈 일이 아니라 몸으로 하는 일이라 신선하기까지 했다.

일명 몸뻬 바지에 시멘트를 잔뜩 묻히고 점심을 먹으러 식당에 가면 모든 사람이 우리를 쳐다보는 것 같았다. 그런데 그게 부끄럽기보다 오히려 자유롭게 느껴져 좋았다. 그런 차림으로 길바닥에 그냥 앉아도 그 누구도 신경 쓰지 않았다. 처음에는 재미있었다. 그런데 하루하루 시간이 갈수록 어려워지고 힘들어졌다. 너무 예민한 작업이라 잘되다가도 하나가 무너지면 대책이 없었다. 멘탈이 무너지는 것 같았다. 게다가 무섭고 어려운 그라인더 작업까지 해야 했다. 절삭기로 타일을 자르는 것은 일도 아니었다. 처음 만져보는 그라인더로 타일을 자르는 게 너무 무섭고 두려웠다. 자칫 실수하면 손가락이 그냥 날아갈 수도 있는 작업이었다. 그라인더 작업 시 들리는 소리며, 타일 가루는 최악이었다.

그런 무시무시한 도구로 하트도 만들고 원을 만들기도 했다. 정말 두려운 순간이었다. 하지만 어쨌든 해내야 했으니 이를 악물고 했다. 요령도 터득하고 급할 때는 마스크만 대충 하고 먼지를 다 뒤집어쓰면서 작업에 집중했다. 시간이 지날수록 어려워지고 실수는 계속 나왔다. 시험날이 가까워지자 시험에 대한 압박감까지 마음을 짓눌렀다. 어떤 날은 너무 답답해 학원에서 나와 밖을 배회하며 마음을 가라앉히기도 했다. 집에 오면 잠들기 전까지 타일 시험과 관련된 모든 유튜브를 몇 번이고 돌려봤다.

배운 모든 기술을 이용해 작은 목욕탕 부스를 하나 만들어야 하는데, 60점이 되어야 합격이었다. 집에서 작업 과정을 빠뜨리지 않고 몇 번이고 머릿속으로 시뮬레이션하기도 했다. 첫 시험에서 완성은 했으나 모양이 비뚤어져 예쁘지 않다는 이유로 떨어졌다. 그렇게까지 열심히 했는데 결과가 이해가 안 되었다. 3개월 후에 시험이 다시 있었으나 포기할까도 생각했다. 처음에는 몰라서 그냥 했지만, 그 시험 과정이 얼마나 힘든 것인지 알고는 엄두가 나지 않았다. 시험 공고가 다시 난 후, 나는 잠시 망설였지만 안 하면 후회할 것 같아서 결국 다시 응시했다. 어쨌든 시작하고 고생한 것이라서 끝을 보고 싶었다.

다른 시험도 마찬가지겠지만, 타일 시험은 너무 예민하다. 그날의 온도와 습도에 따라서 작업이 달라져야 한다. 시험 장소에 따라 사용하는 시멘트도 달랐다. 경력자라 해도 최소한 한두 번 이상은 실수가 나올 수밖에 없다. 그렇다고 바로 수습도 힘들다. 떨어진 타일 위에 곧바로 다시 붙일 수가 없기 때문이다.

4시간 반 동안 초집중해서 시간을 재며 작업해야 한다. 그러다 몇 번의 실수가 나오면 정말 영혼이 탈탈 털리는 느낌이었다. 그래도 지체할 수가 없다. 무조건 복구하고 완성해야 합격을 바라볼 수 있기 때문이다. 이번에는 끝내야 한다는 심정으로 사력을 다했다. 그것은 타일 시험을 넘어 나와의 한판 전쟁이고 승부였다. 시험이 끝나고 마중 나온 남편을 보자 참았던 눈물이 솟구쳤다. 그래도 남편은 장하다며 칭찬을 아끼지 않았다. 온몸에 힘이 풀린 나를 장비 싣는 카트에 태워서 주차장까지 데리고 갔다. 그리고 그렇게 나는 당당히 국가자격증을 받았다. 그 자격증은 단지 타일기능사 자격증이 아니다. 내가 그 무언가에 도전한, 그리고 해낸 자격증이다.

어찌 보면 뭔가를 시작하고 행동한다는 것은 무거운 짐을 하나 지고 가는 것보다 힘들 수 있다. 완벽히 하려고 하면 시작이 어렵다. 계획을 먼저 세우고 계산하면 두려움이 더 커질 수도 있다. 때로는 생각보다 행동이 먼저 앞설 필요가 있다. 먼저 저지르는 게 답일 때도 있다. 두려워서 행동을 못 하는 게 아니라, 행동을 안 해서 두려운 것이다. 작은 행동부터 시작해보자. 가지고 있던 막연한 두려움이 별것 아니라는 생각이 든다. 그런 것들이 결국 나를 단단하게 만든다는 것을 깨닫게 될 것이다.

하마터면
어영부영 늙어버릴 뻔했다

언젠가 책을 보다가 눈앞이 가물거렸다. 이게 노안인가 싶었다. 정말 나이 드는 게 겁났던 순간이었다. 늙는 것은 괜찮은데 이러다 책 보는 게 힘들어지면 어쩌나 싶었다. 흰머리도 갱년기도 이렇게 두렵지는 않았다. 물론 돋보기를 쓰거나 노안 시술을 하면 될 일이었다. 이것은 그 후에 든 생각이었다. 갑자기 책이 흐릿하게 보이던 그 순간은 가슴이 철렁 내려앉았다.

여자 나이 28살부터는 노화가 시작된다고 한다. 인생의 후발 주자였던 나는 사실 26살부터 나이 들었다고 생각하며 살았다. 그래서인지 나이에 대해 아무 생각이 없었다. 20대부터 나이가 많다고 생각해서 그랬던 듯싶다. 같이 대학 다니던 동기들과도 5살이나 나이 차이가 났기 때문에 그냥 늘 나는 나이가 많다는 생각을 가지고 살았다.

지금까지 살면서 '내가 늙는구나'라고 생각했던 순간이 두 번 있었다.

31살이 되면서 체형이 변한다는 게 확 와닿았다. 특별한 것도 없이 어느 날 그런 느낌이 들었다. 체형이 20대 때와는 다르다는 감이 온 것이다. 그때 '아, 내가 늙는구나'라는 생각이 들었다. 또 한 번은 작년이었다. 그전까지는 그냥 50대라고만 생각하며 별다른 느낌이 없었다. 그런데 몇 달 후면 50대도 후반으로 꺾인다고 생각하니 이제는 정말 어떻게 해도 젊은 느낌은 안 나겠다는 생각이 들었다. 그러면서 더 이상 어영부영 살면 안 되겠다는 생각이 들었다.

사람마다 노화가 오는 것도 모두 다르다. 한 친구는 40대 중반부터 돋보기를 썼다. 그 친구가 뭘 할 때마다 돋보기를 꺼내 썼는데, 슬프기보다는 웃겼다. 그 친구는 희한하게 아직까지 한 번도 머리 염색을 한 적이 없다. 흰머리 자체가 아예 없다. 그런 친구가 40대부터 돋보기를 쓰니 친구가 돋보기를 꺼낼 때마다 웃곤 했다. 또 다른 친구는 관리를 잘해서인지 피부도, 몸매도 나이 들어 보이지 않는다. 그런데 그 친구는 희한하게 머리카락은 하얗다. 그래서 흰머리가 조금만 올라와도 염색하느라 바쁘다. 사람마다 나이 드는 것도 모두 다르다.

아주 어렸을 때부터 나이가 들어 보이는 친구가 있었다. 어렸을 때 우리는 그 친구는 나이 들어도 똑같아 보일 거라고 이야기하곤 했다. 정말 그랬다. 가끔 만나는 그 친구는 어렸을 때부터 들어 보이던 나이가 조금 더 들어 보일 뿐이었다.

시간에 구애받지 않고 살게 되었던 50대 초반의 나는 정말 자유를 만끽했다. 여기저기 혼자 여행을 다니고 사람들도 많이 만났다. 거리낌이 없었다. 그동안 치열하게 살았던 내 인생을 보상받듯이 가고 싶은 데 가고, 하고 싶은 것을 하며 지냈다. 그렇게 살 수 있다는 게 신기할 정도였다. 늘 어깨가 무거웠고 늘 고민하며 살아야 했던 지난 삶과는 완전히 달랐다. 주어진 틀에서만 살던 나는 우물 안에서 탈출이라도 한 듯 자유로웠다. 바깥세상 구경에 신났다. 그러나 그동안 일하며 살았던 습성이 있어서인지 항상 뭔가를 해야 한다는 생각이 떠나지 않았다.

무슨 일을 하면 재미도 있고 돈도 벌 수 있는지 두리번거리기도 했다. 이것저것 조합해서 새로운 아이디어도 짜봤다. 그러나 자본과 시간과 에너지를 들여서 일을 벌이기에는 자신이 없었다. 아니, 자신이 없었다기보다 그렇게 살면서 시간을 보내고 싶지가 않았다. 시간이 많아도 아까운 게 시간이었다.

예전부터 해보고 싶은 게 있긴 했다. 길거리 붕어빵 장사였다. 독특한 붕어빵을 만들어 사람들이 줄 서서 사 먹게 만들어보고 싶었다. 망해도 포장마차 하나만 날려도 되니 부담도 없다는 생각이었다. 잘되면 프랜차이즈를 하겠다는 생각도 했다. 상상이 나래를 펴서 정말 엉뚱한 상상을 하기도 했다.

붕어빵은 너무 흔하니까 갈치빵을 만들어야겠다는 생각도 했다. 언젠가 가족들과 속초에 놀러 갔다가 대포항에서 저녁을 먹고 나오며 든 생각이었다. 대포항에서 생각이 난 거라 이름도 '대포항 갈치빵'이라고 이름도 지었다. 발음하기도 좋고 왠지 입에 짝짝 붙는 느낌이었다. 무엇보다 독특한 느낌이 들었다. 갈치빵 속에 들어갈 레시피를 만들어보기도 했다. 그런데 갈치빵의 빵틀을 만들어야 하는데 길어서 모양이 문제였다. 여기저기 물고기 모양을 찾다가 갈치랑 비슷한 모양을 그려보기도 했다. 막상 실행은 못 했으나 그런저런 구상을 하는 게 재미있었다.

너무 예뻐서 키웠던 강아지들이 늙어가는 것을 보는 것도 마음이 아프다. 몇 년째 키우는지는 종종 잊어버리지만, 조카를 떠올리면 강아지가 몇 살인지 계산된다. 조카가 이제 고등학교 입학을 앞두고 있으니 우리 집 강아지는 16살이다. 왜냐하면 조카가 태어나고 1년 뒤에 입양했기 때문이다. 고등학교 올라가는 조카보다 1살이 적다. 그 아래 동생 강아지는 1살 터울이니 15살이다. 이렇게 나이 계산하는 내가 웃겨서 이 글을 쓰다가 또 웃는다. 큰 강아지는 몰티즈인데, 몰티즈가 원래 좀 약한 듯하다. 게다가 아기 때 중성화 수술을 해서인지 더 약하다. 이제는 나이가 들어 귀도 잘 안 들리고 눈도 잘 안 보이는지 어두운 밤에는 여기저기 부딪히며 다녀서 마음이 아프다.

얼마 전, 온 가족이 여행을 가는 바람에 강아지를 호텔에 나흘 동안 맡기고 다녀온 적이 있다. 여행 중에도 어머니는 종종 강아지들이 잘 있는지 걱정하셨다. 여행에서 돌아왔더니 강아지들이 살이 빠져 있었다. 게다가 어머니랑 같이 자는 강아지는 침대 끝에서 고개를 들고 소리를 내며 울었다. 어머니께서 놀라셔서 안고 나오셨는데, 정말 눈물을 흘리고 있었다. 여행 간 사이에 스트레스를 받으며 마음고생을 한 듯했다. 어머니께서는 두 번 다시 집 비우고 여행 갔다가는 강아지들 다 잡겠다며 안타까워하셨다. 어렸을 때는 예쁘기만 했는데 늙어가는 강아지들을 보면 노심초사 마음이 쓰인다.

우리 집 강아지들이 늙어가는 것을 보며 사람처럼 요양원이 필요하겠다는 생각이 들었다. 강아지들도 늙으면 관리가 필요하다. 애견 미용실에서도 너무 노견이면 미용도 거부한다. 그냥 집에서 대충 털을 깎아줄 수밖에 없다. 매일 집에 누가 있으면 괜찮은데 그럴 수 없는 경우가 많다. 그럴 때는 관리해주고 보호해줄 곳이 필요하겠다는 생각이 들었다. 그래서 강아지 요양원을 만들어 간식을 주든, 미용을 해주든 관리가 필요하겠다는 생각이 들었다.

사실 강아지 요양원을 사업 아이디어로 생각한 것은 엄마가 돌아가신 뒤다. 엄마는 갑자기 쓰러지신 후 중환자실에서 의식이 없으셨다. 코로나 때문에 면회도 안 되어 엄마 얼굴도 볼 수 없었다. 끝내 마음의 준비를 하고 엄마를 요양원으로 모셨다. 의식은 없으셨지만, 일주일이나마 엄마를 볼 수 있어서 다행이었다.

붕어빵 장사든, 강아지 요양원이든 사업 아이템이 생각났지만, 그저 생각으로 그쳤다. 실행력의 문제가 아니었다. 재미도 있고 소소하게 돈도 벌 수 있을 것 같았지만, 중년인 내가 시간을 다 들여 할 만한 가치는 없다고 생각했다. 엄마를 보내드리고 마음도, 몸도 굉장히 힘들었다. 한

동안 아무 생각 안 하고 조용히 지냈다. 가을은 그렇게 보낼 수밖에 없었다. 그러다 조금 기운이 나자 움직여야 할 때임을 직감했다. 또 한 해가 시작되기 전에, 시간이 무참히 흘러가기 전에, 시간을 잡아야겠다는 의지가 생겼다.

나의 오랜 소망인 책 쓰기를 어떻게든 시작해야겠다고 생각했다. 도서관에서 책을 읽다가 저장해두었던 연락처에 용기 내어 문의했다. '한책협'의 슬로건인 '성공해서 책을 쓰는 게 아니라 책을 써야 성공한다'라는 말에 가슴이 뛰었다. 그동안 책은 성공한 사람들만 쓰는 것이라고 생각했기 때문이다. 어쩌면 오랜 나의 꿈을 이룰 수 있을지도 모른다는 생각이 들었다.

지금 생각하면 살면서 가장 잘한 일은 '한책협'을 찾아간 것이다. 그리고 최고의 행운은 대한민국 책 쓰기 일타 코치 김태광 대표님을 만난 것이다. 나의 무의식에 갖고 있던 간절함이 운명처럼 나를 이끈 것이리라. 가치 있는 꿈이 생기니 삶이 즐겁고 행복하다. 요즘은 하루하루가 생기 넘치고 젊어지는 듯하다. 모든 기운이 따뜻하고 기쁘게 느껴진다. 정말 어영부영하다가 늙어버릴 뻔했다. 나의 결단과 용기를 칭찬한다.

지금이라도 알아서
다행인 것들

　살면서 가장 두려운 게 무엇일까? 나는 가장 두려운 게 '후회'라고 생각한다. 후회라는 것이 얼마나 사람을 비통하게 만드는가. '그때 거기 가지 말아야 했는데', 또는 '그곳에 갔어야 했는데', '하지 말걸', '할걸', '더 열심히 할걸', '쓸데없이 시간만 낭비했네' 등등 수많은 후회가 있다. 그래서 나는 뭔가를 판단할 때, 어떻게 할 때 덜 후회할지 스스로에게 묻는다.

　언젠가 죽기 직전에 후회로 가득 찬 슬픈 눈으로 천장만 바라보고 있는 내 모습을 상상하는 것은 무엇보다 끔찍하다. 삶의 마지막 순간이 와도 '그러길 참 잘했다', '참 잘한 게 많구나'라는 생각을 하며 행복한 눈빛을 갖고 싶다. 그런데 '후회는 절대 안 해!'라고 의지를 다진들, 후회를 절대 안 할 수는 없다. 그리고 때로는 후회도 당당하게 받아들이는 게 더 멋지다.

살면서 후회되는 몇 가지가 있다. 결혼하고 1년 뒤에 미국에 갈 일이 있었다. 한참 컴퓨터가 보급되던 시기라 미국에 있는 사촌 형이 남편에게 한국에 있지 말고 일할 자리도 있으니 미국으로 건너오라고 하셨다. 그때만 해도 해외는 특별한 사람만 가는 거라 생각했다. 그 당시에는 미국 비자 내는 일도 쉽지 않았다. 어머니께서는 하나밖에 없는 아들임에도 불구하고 나가서 5년만 살다 들어오라고 적극적으로 권유하셨다.

어렵게 비자를 내고 준비를 다 마쳤다. 그런데 마지막에 남편이 엄마, 아버지가 여기 계신데 미국에 못 가겠다고, 굳이 가고 싶지 않다며 틀어 버렸다. 나는 무조건 가자고 했으나 하나밖에 없는 아들인 남편의 의지를 꺾지 못했다. 전쟁 같은 30~40대를 살면서 그때 무조건 미국으로 갔어야 했다는 후회를 종종 했다. 살아 보니 '젊을 때 5년의 세월은 아무것도 아닌데, 그래 봐야 30대 중반밖에 안 된 건데'라는 생각이 들었다. 안정된 직장에 자리 잡고 살아야 한다는 굴레를 벗어나지 못했다.

주변에 재수든, 삼수든 한다는 아이들이 있으면 나는 오히려 해보라고 한다. 어릴 때 1~2년 늦는다고 해서 크게 달라질 것은 없다. 인생은 속도가 아니라 방향이기 때문이다. 후회를 끌어안고 사는 것보다 다시 정정하며 사는 것은 어릴 때일수록 유리하다.

그때 미국에 갔더라면 내 인생이 달라졌을 것 같다. 잘살고 못살고의 문제가 아니다. 세상을 넓게 볼 줄 아는 시야를 가지게 되고, 최소한 영어라도 좀 배워오지 않았을까 하는 생각이 든다. 그러면 국어보다 영어 강사로 더 재미있게 살 수도 있었을 것 같다. 늦게 대학에 진학할 때도 그랬다. 어쨌든 영어과를 갔던 게 나았을 거라는 후회가 많았다.

 학원 강사들을 보면 과목에 따라 성향이 다르다. 수학 강사는 매사에 좀 정확한 편이다. 그런데 융통성이 다소 없는 경우가 있다. 영어 강사는 대체로 밝고 유쾌하며 외향적이다. 그런데 자유분방한 성향이 있어서 조직 생활에서 어려움을 겪기도 한다. 그래서인지 학원 관리자는 대체로 국어나 사회 강사가 적합하다. 무던하니 조직 생활에 어울리는 타입이다. 학원에서는 영어, 수학 과목 위주로 운영하다 보니 국어나 사회는 영어나 수학 과목에 비해 비주류 과목이다. 그러다 보니 시간적으로도 수업보다 관리에 집중할 수 있기도 하다.

 나의 자유분방하고 엉뚱하며 쾌활한 성향에는 국어보다 영어가 더 맞았다. 그러나 처음부터 잘못 끼운 단추를 풀기에는 이미 안정감에 익숙해져 있었다. 나 같지 않은 모습으로 살려니 삶이 더 우울하게 느껴지기도 했다. 강단이든, 교단이든 앞에 서는 사람은 밝고 긍정적이어야 한다. 내 안에 우울함을 품고 강의실에서 교단에 선다는 게 제일 힘들었다. 학생들에게 그런 기운을 주면 절대 안 되기 때문이다.

 태생이 우울한데 어렸을 때는 그게 우울인지 몰랐다. 뭔가 쓸쓸해 보이고 센티해 보이는 게 더 멋있다는 생각이 컸다. 영화의 예쁜 배우는 모두 비련의 여주인공처럼 느껴졌다. 그래서 더 그런 생각을 했던 것 같다. 한번은 중학교 3학년, 교실에서 《구운몽》에 대한 수업을 하고 있었을 때다. 육관대사의 제자 성진이 세상의 욕망을 탐해 양소유로 태어나 모든 부귀영화를 누린다. 그러다 그 모든 부귀영화의 덧없음을 깨닫는다. 천하를 통일하고 모든 부귀영화를 누렸던 진시황제의 초라한 죽음과 무덤을 떠올리며 삶의 덧없음을 깨달은 양소유가 다시 성진으로 돌아간다는 내용이다. 나는 그 내용을 수업하다 말고 슬픈 눈으로 창밖을 한참 바라봤었다.

인생이 참 덧없고 허무하게 느껴져서였다. '아무리 다 누리면 뭐 하나 죽고 나면 아무것도 아닌데, 천하를 가진 진시황제도 그랬는데'라는 생각에 사는 게 덧없게 느껴졌었다. 그런데 지금 와 돌이켜보면 우울한 성향의 내가 더 우울함을 지향했던 게 지금 생각하면 어리석게 느껴진다. 그래 봐야 나만 손해다. 삶은 생각하기 나름이란 것을 뒤늦게 알아버린 것이다.

30대 후반쯤에는 다시 대학원을 가야겠다는 생각이 들었다. 스펙도 딸리고 실력도 부족하다는 생각이 들어서였다. 그때도 남편은 인제 와서 무슨 대학원이냐며 그냥 다니는 직장이나 다니라고 이야기했다. 그때는 남편이 좀 원망스러웠다. 그런데 나 또한 그렇게까지 절실하지는 않았던 것 같다. 그래도 그때 대학원을 갔더라면 뭔가 좀 달라지지 않았을까 하는 생각이 살면 살수록 느껴졌다. 그때 대학원을 가고 싶었던 것은 실력보다도 부족한 나를 포장해줄 그럴싸한 포장지가 필요했던 것 같다.

하지만 문제는 대학원을 가든, 안 가든 그렇게 매사에 순종적인 나의 성향이었다. 순종과 복종, 인내와 겸손 이런 것들이 삶의 기준이었다. 부모님 말씀에 순종, 선생님 말씀에도 순종, 직장 상사에게는 복종, 이런 식이었다. 그래야 하는 줄 알고 살았다. 한때 직장인들 사이에 유행처럼 하던 말들이 있다. 직장에서 어떤 부당한 것을 시킬 때나, 힘든 것을 시킬 때 종종 하던 말이다. '하라면 하고, 까라면 깐다!'라는, 시키는 대로 하겠다는 말이다. 그때는 그게 직장과 상사에게 가장 인정받는 방법이었다. 그리고 덜 힘들 방법이기도 했다. 전반적인 사회 분위기가 그랬으니 조직 사회에서는 어쩔 수 없었다. 안 잘리고 인정받으며 살아야 했기 때문이다.

지금 생각하면 바꿀 수 없는 판에 나를 끼워 맞추고 살 게 아니었다. 그냥 판을 바꿔야 했다. 사막에서 오아시스를 찾으려 하지 말고 사막을 벗어나야 했던 것이다. 왜 그때는 그럴 용기가 없었을까. 어찌 보면 '살면서 겪는 시련이 기회'라는 것은 맞는 말이다. 특별한 어려움과 시련이 없었으니 굳이 판을 바꿀 필요가 없었다. 그런 안정감에 나는 더 작아지고 있었다. '부러우면 지는 것'이라는 이야기가 있다. 혼자 살 수 없는 세상을 살아가다 보면 부러운 게 참 많다. 옆집이 좋은 곳으로 이사 가도 부럽다. 여행을 가도 부럽다. 남편이 승진해도 부럽고, 새로운 차를 사도 부럽다.

사실 나는 별로 부러워하지 않는다. 내가 부러움 없이 잘 살아서가 아니다. 그냥 나의 영역이, 나의 역량이 아니라고 생각하며 살았다. 적당히 포기하고 살았다는 게 더 적절하다. 그런데 TV 예능 프로그램을 보면 참 부럽다. 맛있는 것 먹고, 웃고, 재미있는 게임하는데, 그게 일이니 얼마나 부러운가. 게다가 유명해서 찬탄 받고 돈도 많이 버니, 그게 참 부러웠다. 그 뒤에 숨은 피나는 노력과 하기 싫은 것을 해야 하는 고충을 생각해봐도 부러운 것은 부러웠다.

지금 생각해보면 아무것도 부럽지 않은 사람보다 부러움이 많은 사람이 더 낫다는 생각이 든다. 나는 책을 쓴 사람들이 정말 부러웠다. 그리고 아무나 책을 쓸 수 있는 게 아니라고 생각했다. 하고 싶은데 할 수 없다고 생각했다. 그러나 내가 써보니 누구나 책을 쓸 수 있다는 생각이 더 크다. 오히려 책을 쓰라고 말해주고 싶다. 책을 읽기만 하는 사람은 책을 쓰는 사람을 절대 뛰어넘지 못한다. 아무리 어려운 책일지라도 시간을 들이면 누구나 읽을 수는 있다. 그러나 책을 쓴다는 것은 다르다. 진짜 이기는 게임이다. 그러니 당신도 쓰길 바란다. 의외로 쉽다는 것을 알게 될 것이다. 왜냐하면 나도 쓰고 있으니까.

우리는 사람의 모습으로 현실에 보이게 살고 있지만, 어디인지 보이지 않는 곳에서 왔다. 어쩌면 보이지 않는 게 우리의 본질일지도 모른다. 보이지 않는 것은 한계가 없다. 우리의 생각이 그러하고, 상상이 그러하다. 누구나 이 나이쯤 되면 생각이나 말을 잘하고 살아야 한다는 것을 알 것이다. 살아보니 생각의 흐름대로, 말하는 대로 살아오지 않았던

가. 지금 당장 생각한다고 다 되는 것은 물론 아니다. 삶의 흐름이 그렇게 흘러가는 것이다.

현실의 우리는 한계가 있다. 아니, 매번 한계에 부딪히며 산다고 해도 과언이 아니다. 그러나 생각과 상상에는 한계가 없다. 무엇이든 생각할 수 있고 상상할 수 있다. 한계가 없는 것이다. 바라는 것을, 원하는 삶을 마음껏 생각하고 상상해보자. 어느 순간에 생각대로, 상상대로 살고 있다는 게 느껴지는 순간이 분명히 있을 것이다.

생각하면 지금이라도 알아서 다행인 것들이 참 많다. 외로움은 나를 강하게 만들고 성장시킨다는 것, 지나친 겸손은 병이라는 것, 다시 가슴이 뛸 수 있다는 것, 욕망이 알고 보니 꿈이었다는 것, 나이는 먹는 게 아니라 맞이하는 거라는 것, 추운 겨울에 나시티만 입어도 안 추울 수 있는 열정이 생길 수 있다는 것 등을 50대 중반이지만 이제라도 알게 되었으니 얼마나 다행인가! 가끔 '주도한다'라는 말을 곰곰이 생각해본다. 왜 상황에 끌려가기만 하고 항상 상황을 봐가며 살았는지 의아해질 때가 있다. 이제부터는 모든 것에 내가 주체가 되어 주도적으로 살아야겠다고 생각한다. 누가 뭐래도 내 인생은 오롯이 나의 것이니!

지금 내가 하는 말과 생각이
5년 후 미래가 된다

무엇을 하든 생각이 먼저다. 의도적으로 생각하거나 계획하지 않아도 늘 생각이 무엇보다 앞선다. 밥을 먹으러 가든, 여행을 가든, 쇼핑을 하든 내가 하는 생각이 나를 지배한다. 어느 날, 지인이 왜 자기는 발전 없이 마냥 이러고 사는지 모르겠다며 한탄 아닌 한탄을 한 적이 있다. 그 순간, 나도 모르게 "그동안 내가 생각하고 살아온 과거가 지금의 내 모습 아닐까?"라고 대답했다. 그 말은 생각해서 나온 말이 아니다. 나의 무의식에 있던 생각이 순간적으로 튀어나온 것이다.

그리고 나서 지금의 내 모습은 그동안 내가 생각하며 살아온 결과라는 것을 생각해봤다. 그 순간, 생각을 잘하며 살아야겠다는 마음이 다시 한번 들었다. 생각을 잘한다는 것은 매사에 심사숙고해야 한다는 의미가 아니다. 언젠가 나는 '나의 지나온 과거가 아름답게 그려지길 소망한다'라는 글을 쓴 적이 있다. 오늘을 잘 살아야겠다는 생각이 나의 현재를 지배하고 있었다. 나의 모든 것은 내 생각이 만든다는 깨달음이었다. 어찌 보면 생각이, 마음이 나의 인생이라는 것이다.

고등학교 때, '10년 후 나의 모습 상상하기'라는 내용의 글을 쓸 기회가 있었다. 고등학교 때 10년 후를 생각하라니 너무 까마득한 미래처럼 여겨졌다. 당장 1년 후도 생각하지 못하고 살았다. 지금 생각하면 그때라도 그런 시간이 있었으니 다행이었다는 생각이 든다. 세상이 너무 변해서 요즘 어린 친구들은 굉장히 똑똑한 것 같다. 지금은 자기 나이보다 20년 앞선 지식을 가지고 말하고 행동하는 듯하다. 10대면 30대의 생각과 행동을, 20대는 40대나 했던 생각을 하는 듯한 느낌을 받는다. 미디어나 온라인을 접해서 내가 어렸을 때보다 20년 앞선 생각과 사고를 하는 듯하다. 아니면 인류가 그만큼 진화한 거라는 생각도 해본다.

고등학교 때 썼던 '10년 후 나의 모습 상상하기'에 뭐라고 썼는지 기억도 안 난다. 쓸 말이 없어서 쓴 친구들 것을 보기만 했던 것 같다. 다른 친구들이 쓴 내용은 지금 생각하면 웃음이 나온다. '어른이 되어 30살쯤에는 현모양처가 되어 있을 것이다'라는 내용이 제일 많았던 것 같다. 그렇게라도 썼던 친구들은 그래도 당당히 자기를 표현할 줄 아는 친구들이었다. 사실 쓸 말도 없었지만, 내가 원하는 내 모습을 쓴다는 것 자체가 부끄러웠다.

요즘 학생들은 어려서부터 꿈 찾기를 한다. 다양한 직업 체험도 한다.

좋은 학교에 진학하기 위해 자기소개서도 쓴다. 자기소개서의 주된 내용은 꿈이다. 서론부터 결론까지 일관된 스토리가 있어야 한다. 그 학교에 진학하는 이유가 삶의 목표, 꿈과 연결되어야 한다. 어찌 보면 어린 나이에 10년, 20년을 뛰어넘은 미래를 살피니, 내가 보기에 천재처럼 보일 만하다는 생각이 든다.

사주나 팔자가 뭔지도 모르는 어릴 때, 누군가로부터 나에게는 한 집안을 일으키는 능력이 있다는 말을 들은 적이 있다. 믿었던 것도, 생각한 것도 아닌데 그 말이 나의 무의식에 남았다. 어쨌든 뭐라도 힘이 있는 사람이구나 하는 생각이 들면서 내게 작은 자부심이 되어주기도 했다. 사실 나는 언제나 겁이 많았고 우유부단했다. 그런데 주변에 무슨 일이 생기면 초인적인 힘이 생긴다. 결단력이 생겨 빛의 속도로 움직인다. 무슨 일이 생기면 어떻게 움직여야 하는지 머릿속에 팍팍 떠오른다. 한 집안을 일으키는 힘이 있다는 말을 들었던 게 잠재의식에 남아 있다는 생각이 들었다.

결혼하고 어머니와 함께 살면서 주방 살림은 거의 하지 않았다. 요리는 거의 어머니께서 하셨고 나는 보조 정도만 했다. 괜히 비싼 재료 망칠까 하는 두려움도 있다. 그럼에도 불구하고 어머니가 안 계실 때는 무슨 요리든 다 한다. 어머니가 병원에 입원해 계실 동안 남편의 생일을 맞은 적이 있다. 매번 생일 때 어머니께서 해주시던 요리로 한 상을 차려 남편과 둘이 감탄하며 먹은 적도 있다.

아버지께서 말기 암이라 어찌 될지 모르는 상황이었기에, 아버지께서 돌아가시던 해 추석 때는 친정에 가서 보냈다. 아프신 아버지 병간호하다 엄마마저 몸져누우셨던 것이다. 명절인데 두 분을 그냥 둘 순 없었고, 추석 명절이라 할 게 많았다. 그러자 내 안에 있던 초인적인 힘이 나왔다. 거의 빛의 속도로 명절 음식을 했다. 방앗간에 가서 쌀을 빻아 반죽해서 혼자 송편까지 뚝딱뚝딱 만들었다. 방에서 누워 나를 지켜보시던 아버지는 아프신 와중에도 "우리 딸 정말 잘하네!"라고 웃으시며 칭찬하셨다.

보통 엄마들이 아이를 키울 때, 그런 초인적인 힘이 나온다고 한다. 그래서 '여자는 약하지만, 엄마는 강하다'라는 말도 있다. 나는 아이가 없어서 잘 모르겠지만, 급할 때나 위기 상황이라고 느껴지면 초인적인 판단력과 힘이 생긴다. 병약한 엄마를 모시고 병원을 갔을 때도 그랬다. 보통은 병원에 가면 두렵고 어찌해야 할지 혼란스럽기 마련이다. 검사를 마친 후, 엄마의 증세에 대해 담당 의사와 상담하고 나면 어떻게 해야 한다는 판단이 바로 섰다. 그리고 빛의 속도로 병원 이곳저곳을 들러서 해야 할 일을 하고, 약까지 바로 처방받아 온다. 머릿속에 움직여야 하는 동선이 바로 그려진다.

힘없이 병원에 앉아 계시던 엄마는 내가 왔다 갔다 하며 일 처리하는 것을 보시고는 "우리 딸이 이렇게까지 잘하는지 몰랐네"라며 감탄하셨다. 그런 엄마한테 나는 "엄마, 그걸 이제 알았어?"라고 엄마를 안심시켜드리는 대답을 했다.

고등학교 때는 단 1년 후도 생각하지 못했다. 하지만 지금 인생 후반을 준비하는 중년의 나는 다 안다고 감히 말한다. 5년 후, 아니 그 이상의 나의 미래를. 그래서 두렵지도, 막막하지도 않다. 늘 불안에 쫓기며 닦달했던 조급함도 없다. 왜냐하면, 나의 생각과 말이 곧 나의 미래라는 것을 알기 때문이다.

인생을
단 하루밖에 살 수 없다면

'인생이 하루밖에 없다면 어떤 마음이 들까?', '무엇을 하며 주어진 하루를 보낼까?' 이런 생각 하는 것만으로도 우울해진다. 내일 당장 어떻게 될지는 누구도 모르는 거라고 말하곤 한다. 말은 그렇게 하지만 정말 그렇게 생각할까? 내심 당연히 내일도 있을 거고, 몇십 년도 더 있을 거라고 생각하며 산다. 그렇기에 노후를 생각하고 돈도 더 벌려고 생각하는 게 아닐까? 내일 당장 인생이 끝날 것이라 생각하며 살지는 않을 것이다. 하지만 알 수 없는 게 인생이다. 심각한 이야기를 하기 위해서 하는 말이 아니다. 어찌 보면 정말 소중한 것을 놓치고 엉뚱한 곳에 우리의 모든 것을 쏟으며 사는 게 아닌가 하는 생각이 든다.

'젊은이에게 하루는 짧고, 1년은 길다. 나이 든 사람에겐 하루는 길고, 1년은 짧다'라는 말이 있다. 그런데 실제로 나는 하루도 짧고, 1년도 짧게만 느껴진다. 돌이켜 보면 한 해마다 생각지도 못했던 일들이 생긴다. 1년이 지나고 나서야 깨닫게 된다.

작년에 몇 년은 거뜬히 더 사실 거라고 생각했던 엄마가 돌아가셨다. 큰 병이 있으셨던 게 아니었다. 엄마의 생신을 앞두고 주말에 친정에 갔었다. 오랜만에 가족이 전부 모여 함께 식사도 하고 여유롭게 시간을 보내고 왔다. 친정에 갔다 올 때마다 엄마는 내가 안 보일 때까지 서서 손을 흔들곤 하셨다. 그러면 나는 차 옆의 사이드미러로 엄마를 바라봤다. 마지막에는 엄마의 모습을 놓칠까 봐 고개를 돌려 엄마를 바라보곤 했다. 그러고는 오는 내내 마음이 너무 아팠다. 그날도 엄마는 내가 안 보일 때까지 서 계셨다. 그리고 그게 내가 본 엄마의 마지막 모습이었다.

엄마 생신 하루 전날, 아침 일찍부터 전화가 왔다. 그날은 지방선거 날이었기에 지금 얼른 일어나서 투표하고 오라는 엄마의 전화였다. 오랜만에 자식들을 다 보신 엄마는 기운이 넘치셨고 목소리는 씩씩하다 못해 쩌렁쩌렁하셨다. 그리고 그게 엄마의 마지막 목소리였다. 엄마가 살아서 마지막 하신 일은 지방선거 투표다. 엄마 나이 90살에.

지난해 추석 때는 남편의 사촌 동생이 갑자기 생을 마감했다. 추석을 며칠 앞두고 집안 남자들이 모두 벌초한다고 선산에 갔다. 평상시와 다름없이 씩씩하고 쾌활했던 사촌 동생은 벌초 시작하고 얼마 안 되어 힘들다고 좀 쉰다고 했다 한다. 그러다 상태가 더 안 좋아졌고, 급기야 119를 불러 병원으로 가는 도중에 심정지로 세상을 떠났다. 불과 몇 달 전 엄마 장례식장에서 만나서 고맙다며 인사도 했는데, 너무나 충격적인 일이었다. 생각하면 이런 게 인생인가 싶기도 하다. 아니, 이럴 수도 있는 게 인생이라는 생각이 든다.

　엄마가 돌아가시기 전까지 나는 아르바이트생이었다. 뭘 해야 좋을까 싶어 일단 움직이기 시작했다. 움직이다 보면 내가 진짜 하고 싶은 게 생길지도 모른다는 생각이었다. 그러다 엄마가 돌아가시고 나자 몸과 마음이 안 움직였다. 결국, 하던 아르바이트도 모두 그만두고 하루가 멀다고 링거를 맞았다. 그 후에는 도서관에 왔다 갔다 하다 책을 쓰기로 마음을 먹었다. 생각하면 1년 동안 생각지도 못했던 일들이 굉장히 많았다. 가까이에 늘 있을 거라 생각했던 분들이 영원히 가시기도 했고, 아르바이트하러 다니던 나는 작가의 길을 가고 있다.

　내가 진짜 단 하루밖에 살 수 없다면 나는 이 하루를 어떻게 보낼까? 인생이 하루밖에 안 남았다면 사람들은 그 하루 동안 무엇을 할까? 통장 잔고를 들여다보며 돈을 세고 있는 사람은 없을 것이다. 내가 가진 재산이 얼마인지 확인하는 사람도 없을 것 같다. 늦은 저녁까지 친구들과 술을 마시고 있지도 않을 것 같다. 남보다는 자신을 위해서, 또는 가족과 함께 시간을 보내려 할 것이다. 멀리 계신 부모님을 뵈러 가기도 할 것이다. 무엇보다 나에게 가장 소중하고 중요한 일이나, 가장 하고 싶은 일을 할 것 같다.

　하루가 24시간일지라도 우리가 어떻게 사는가에 따라 48시간으로도, 72시간으로도 살 수 있다. 위닝북스 권동희 대표님은 하루 72시간의 법칙으로 살라고 알려주신다. 요즘은 핸드폰 하나로 모든 일을 할 수 있는 시대에 살고 있다. 무엇을 하기 위해 시간을 들여 움직일 필요가 없어졌다. 재택 근무도 점점 많아지고, 수업도 줌으로 하는 경우가 많다. 공과금이나 은행 업무도 핸드폰 하나로 모두 처리한다. 웬만한 계약도 핸드폰으로 다 한다. 꼭 가야 하는 일이 아니면 핸드폰으로 많은 것을 처리하며 산다. 그렇게 생각하면 우리가 쓸 수 있는 시간은 많아지고 있다고 할 수 있다. 그럼에도 불구하고 시간이 없고 바쁘기만 하다면, 하루를 어떻게 보내고 있는지 한 번쯤 면밀히 관찰할 필요가 있다.

나는 72시간의 법칙을 적용하며 살려고 한다. 이른 아침부터 오전 타임, 오후 타임, 그리고 저녁 이후의 밤 타임으로 나눠 사는 것이다. 물론 모든 사람에게 적용되는 것은 아니다. 사람에 따라, 하는 일에 따라 다다를 것이다. 요즘 나는 이렇게 나눠 시간 활용을 하다 보니 훨씬 효율적으로 하루를 사는 느낌이 든다.

만약 단 하루가 남았다면 나는 기꺼이 시간을 들여 직접 최고의 만찬을 준비할 것이다. 어디에서도 맛볼 수 없는 맛있는 요리를 할 것이다. 그리고 가장 멋있고 고급스럽게 테이블 세팅을 할 것이다. 가장 예쁜 꽃으로 공간과 테이블을 꾸밀 것이다. 영국 왕실에서나 썼을 법한 촛대와 식기를 쓸 것이다. 그리고 그날 나의 시간을 모두 써도 아깝지 않은 사람과 3시간 정도의 여유로운 만찬을 즐기겠다. 아름다운 음악은 필수다. 생각만으로도 흐뭇해진다. 하루밖에 남지 않았다는 슬픔보다 행복함이 더 크게 느껴진다. 한마디로, 단 하루 남은 나의 하루는 여왕 놀이다.

생각해보니 그런 날을 위해 몇 가지 멋진 요리는 배워야 할 것 같다. 멋진 테이블보도 사둬야 할 것 같다. 더불어 우아한 촛대와 식기나 접시도 준비해야 할 것 같다. 최고의 만찬을 위한 옷도 준비해야겠다. 평상시처럼 운동복 바람에 그런 고급 만찬을 요리하는 것은 뭔가 안 어울리니 요리할 때 입을 옷도 따로 준비해야 할 것 같다. 우아한 드레스도 준비하고 티타임에 입을 깜찍한 원피스도 필요하다.

어디에서도 볼 수 없는 욕조를 준비해야겠다. 영화보다 더 영화 같은 그런 시간을 보내고 따뜻한 티 한 잔에 음악을 들으며 내가 쓴 책을 읽어야겠다. 마음이 편해지는 다른 책도 좋다. 이런 분위기라면 커피보다는 티를 마셔야 할 것 같다. 그리고 아름답게 지나온 날들을 잠시 회상하고 싶다. 조용히 나의 내면을 바라보며 내 안의 나와 이야기를 나누며 웃고 싶다. 은은하고 따뜻한 예쁜 조명도 켜야 한다. 세상에서 가장 편하고 촉감이 좋은 이불을 덮고 나의 하루를 마감하며 잠들고 싶다. 그다음은, 사실 그다음은 아무도 모른다. 그 하루가 정말 끝일지, 또 하루의 아침 해를 맞이할지 누가 알겠는가!

이런 생각을 하고 상상하다 보니 내게 소중한 것이 무엇인지 알 것 같다. 내가 살고 싶은 가장 멋진 하루가 어떤 것인지 보인다. 무엇보다 회상할 수 있는 아름다운 나의 인생이 필요하다. 몇 명이든 상관없이 마지막을 함께할 소중한 사람도 필요하다. 이런 생각을 하다 보니 평상시에 내가 신경 쓰고 사야 할 품목이 보인다. 마지막 순간에 필요한 것은 명품 가방이나 명품 신발이 아니다. 가장 일상적으로 써야 하는 물건들이다. 최고의 식기와 이불 같은 것들이 나를 행복하게 만드는, 사야 할 품목인 것이다. 어찌 보면 이런 게 여왕처럼 사는 것이리라.

몇 년 전, 모나코에 간 적이 있다. 모나코는 아담하지만 웅장하고 어디든 고급스러워 보였다. 유럽에서 가장 국민소득이 높은 부자 나라라고 한다. 오래된 건물들이었지만 고풍스러워 보였다. 거리마저도 깨끗하고 잘 다듬어져 보였다. 바닷가 바로 옆이라 경치도 좋았다. 일반적으로 볼 수 있는 비치가 아니었다. 이국적인 느낌이 색달랐다.

가이드분이 어느 건물 앞에서 그곳이 그레이스 켈리(Grace Kelly) 여왕이 살았다는 모로코 궁이라고 했다. 그 모로코 궁 앞에서 찍은 인증사진이 있다. 요즘도 가끔 그 사진을 보곤 한다. 사진 속 내 모습은 정말 내가 봐도 예쁘고 행복하며 즐거운 표정을 하고 있다. 가끔 다시 보며 미소 짓기도 한다. 후회 없는 생의 마지막날을 생각하다 보니 여왕처럼 사는 모습이 그려진다. 그레이스 켈리 여왕이 살았던 왕궁 앞에서 찍었던 사진 속 미소가 그런 행복한 여왕의 미소가 아닐까 싶다. 그레이스 켈리 여왕의 일화 때문에 2달러 지폐가 행운을 상징하기도 한다. 아마도 그 행운 속 주인공이 살았던 궁 앞이라 나도 그렇게 행복한 미소가 나왔는지도 모르겠다.

　가끔 '나에게 인생이 단 하루밖에 없다면'이라는 생각을 해보는 것도 필요하겠다는 생각이 든다. 그러면 내가 진짜 소중히 생각하는 게 뭔지를 알 수 있는 계기가 된다. 그리고 나에게 소중한 사람이 누구인지 알 수 있다. 또한, 무슨 일을 어떻게 하며 살아야 할지 가치의 기준도 생긴다. 가끔 여왕 놀이를 하는 것처럼 최고의 하루를 만들며 사는 것도 충만한 삶을 사는 방법이 될 듯하다.

마음에 남아 있는 숙제를
숙제로 남겨두지 말자

살면서 가장 재미있는 게 뭘까? 솔직하게 이야기하면 돈 쓸 때가 제일 재미있긴 하다. 특히 쇼핑하며 돈 쓰러 다닐 때가 가장 신나고 가슴도 두근두근하니 재미있다. 그런데 쇼핑하는 것까지는 좋다. 집에 들고와서 산 품목들을 집 안에 널어놓으면, 그때부터는 짐으로 바뀐다. 그널어놓은 짐을 정리하는 것이 만만치 않은 노동으로까지 느껴질 때가있다. 그리고 쌓이고 쌓이다 보면 어디에 뭐가 있는지도 모르게 된다. 찾다가 시간을 보내기 일쑤다. 그러다 찾을 수 없으니 또 사게 된다. 그때부터는 필요해서 사는 게 아니라 언젠가 필요해질 물건을 사기도 한다. 쇼핑하다가 가성비 좋아 보이거나 대폭 할인 기회가 있으면 또 산다. 정말 필요해서 사는 게 아니라 싸니까 일단 사놓고 보는 것이다. 비싼 집에 당장 필요하지도 않은 물건들이 자리를 차지한다. 어떨 때는 주객이 전도된 느낌이 들 때도 있다.

그런 생각이 들면 마음속에 서서히 부담감이 생긴다. '한번 정리해야 하는데…' 하는 마음의 짐이 생긴다. 필요 없는 물건을 치워야 한다는 그 생각이 어느덧 나에게 숙제로 다가오는 것이다. 어느 집이나 이사를 하다 보면 의외로 짐이 많다는 것을 느낄 것이다. 그나마 집에 정리되어 있을 때는 잘 모르는데, 이사하려고 끄집어내다 보면 정말 속으로 욕하다 끝나기도 한다. 사는 데 뭐가 이리 필요한 게 많은지. 나보다 물건들에 공간을 내어주고 살았다는 생각마저 든다.

나에게는 이루지 못한 나의 소망이나 꿈도 마치 하지 않은 숙제처럼 느껴지곤 했다. 늘 뭔가 마음이 무겁고 답답했다. 나답지 않다는 생각에 우울하기도 했다. 무엇을 해도 속이 시원하지가 않았다. 웃고 있다가도 그 순간이 지나면 내심 우울했다. 종종 그것이 나를 누르는 짐처럼 느껴지기도 했다. "치워야 하는데"라고 말만 하고 치우지 못한 짐처럼, 해야 하는데 하지 않은 숙제같이 느껴졌다. 나는 그런 나의 마음을 외면한 채 내 주위를 맴돌기만 했다. 그러니 늘 답답했던 게 아니었나 싶다.

내 나이치고 나는 죽음을 많이 목격했다. 어쩌다 보니 장례를 치러야 할 일들이 많았다. 돌아가신 후 뒷정리를 하다 보면, 없는 것 같아도 상당한 양의 유품을 정리해야 하는 경우가 많다. '한순간 쓰레기가 되어버릴 많은 것들을 혼자만 소중히 생각하며 살다 가셨구나'라는 생각이 들 때가 있다. 나는 30대 초반부터 내가 죽은 후의 뒷정리를 생각했다. 왜 그랬는지 모르겠다. 아마도 가볍게 살고 싶은 마음이, 내가 죽은 후에도 나의 뒷모습이 깔끔했으면 좋겠다는 생각이 들었던 것이리라.

언젠가 추석 때 TV에서 가수 나훈아 스페셜 특별 방송을 해주었다. 다른 것은 모르겠지만 노래에 있어서는 정말 존경하고 좋아하는 가수다. 어떤 가수로 남고 싶냐고 묻는 진행자의 말에 "흘러갈 뿐, 뭘 남긴다는 자체가…. 그런 거 묻지 마소"라고 대답하는 것을 본 적이 있다. 그 대답에서 뿜어져 나오는 포스가 남다르게 느껴졌다. 그 말이 너무 멋지게 들렸다. 그때 나는 그분을 보면서 후회 없이 살다가 미련 없이 가볍게 가야겠다는 생각이 한 번 더 들었다.

누구든 마음속에 '뭔가 하나씩 해야 하는데'라고 생각만 하고 못하고 있는 게 있을 것이다. 하다못해 누군가에게 감사 인사나 용서를 구하는 일도 마찬가지다. 감사나 용서를 할 때 중요한 것은 타이밍이다. 시간을 놓치면, 하고도 뭔가 석연치가 않다. 감사나 용서는 그대로 두면 둘수록 나에게 숙제로 남아 나를 누르는 짐이 될 수도 있다. 반면 타이밍이 적절하면 더 큰 감동으로 다가온다.

내가 계획했던 작은 목표들이 일상의 숙제가 되기도 한다. 하루에 한 번 산책한다든지, 독서라든지, 운동도 마찬가지다. 잠자기 전에 하지 않은 것들이 떠올라 찜찜함으로 남았던 것들이 있을 것이다. 그런데 이 찜찜함이 사람을 발전시키는 원동력이 되기도 한다. 무시하고 넘어가면 습관이 되고, 그 습관은 그 사람을 그냥 그런 사람으로 전락시키고 말 수도 있다. 하지만 그게 짐처럼 느껴져 어쨌거나 해내는 사람은 시간이 흐를수록 남들과 달라지는 자신을 볼 수 있을 것이다.

　어쩌면 우리의 인생은 자신에게 주어진 숙제를 하나씩 해나가는 과정이 아닐까 싶다. 어렸을 때 내가 살던 강원도는 겨울에 폭설이 많이 내리곤 했다. 그곳에 살 때는 겨울에 많은 눈을 볼 수 있어서 좋았다. 그러나 강원도를 벗어나 살다 보니 많은 눈을 볼 기회가 없었다. 눈이 내리고 있거나 이미 내리고 나면 도로가 위험해져 갈 수가 없었다. 매년 겨울마다 눈이 많이 내린다는 기상 예보가 있으면 얼른 강원도에 가서 그 눈을 보리라 생각했다. 그러나 한 번도 그러지 못했다.

　그러다 얼마 전, 일본에 가족 여행을 다녀왔다. 따뜻한 동남아로 갈 수도 있었지만, 눈을 보고 싶었던 나와 가족들은 추운 겨울에 더 추운 곳, 일본 홋카이도로 여행을 갔다. 일본 홋카이도에서 본 설경은 정말 최고였다. 눈이 많이 쌓인 곳은 거의 170㎝ 조금 못 미치는 내 키보다 높았다. 봐도 봐도 질리지 않는 멋진 설경이었다.

　사실 나에게는 언젠가는 꼭 해보고 싶었던, 그러나 하지 못했던 숙제 같은 것이었다. 바로 내가 제일 좋아하는 영화 <러브레터>의 포스터처럼 눈밭에 누워 있다가 벌떡 일어나 고개를 들어 눈을 바라보는 장면을 찍어보는 것이다. 사실 눈이 올 때마다 시도는 해봤지만 그런 느낌의 사진은 절대 나오지 않았다. 당연하다. 그 예쁜 영화배우의 눈빛과 표정은 내가 따라 할 수 있는 게 절대 아니었다.

　그러나 이번 일본 여행에서 비슷한 감성의 사진을 찍었다. 어쩌다 보니 운 좋게 한 장 건진 것이다. 홋카이도의 비에이에는 '크리스마스트리'라 불리는 한 그루의 나무가 있다. 설원에서 그 나무를 배경으로 찍은 사진이다. SNS에 올린 그 사진을 본 지인들은 눈 녹기 전에 일본에 가야겠다며 내게 몇 명이나 전화가 왔다. 나는 그들에게 "그 사진 한 장 건지려고 일본 여행을 갔나 봐요. 얼른 여행사 알아보고 다녀오세요"라고 말했다.

자신에게 남아 있는 숙제가 큰 것일 수도 있고, 사소한 것일 수도 있다. 사실 크기의 문제지, 짐으로 남는 것은 마찬가지다. 하지만 마음먹기에 달렸다. 우리는 보이지 않는 곳에서 와서 보이지 않는 곳으로 간다. 이렇게 세상에 온 것은 뭔가 우리가 찾고 해내야 하는 과제가 있기 때문이라고 생각한다. 어쩌면 삶은 그런 과제를 하나씩 해나가는 과정이 아닐까. 우리에게 아직 못한 숙제가 있다면 남겨두지 말자. 가벼운 마음으로 즐겁게 살다가 가볍게 왔던 곳으로 돌아가자. 가볍게! 가볍게! 마음 편하게 사는 하나의 방법이기도 하다.

50대,
버킷리스트를 다시 써라

예전에 나는 버킷리스트가 있다는 것만 알았지, 내가 쓸 거라고는 생각하지도 못했다. 버킷리스트를 쓸 정도로 삶에 열정도 없었다. 하루하루 주어진 일만 해내기에 급급했다. 근 20여 년의 세월이 뭔가 나답지 않다는 답답함만 느끼며 한 장, 한 장 뜯어내는 달력처럼 훅 지나가버렸다는 생각밖에 들지 않는다. 왜 그런지 진지하게 '꿈'에 대해 생각해보지도 않았다. 그때 지금처럼 나를 살필 수 있는 시간이 있었다면, 좀 더 빨리 나답게 살 수 있지 않았을까 하는 생각이 든다. 그때로 돌아가면 나의 인생 버킷리스트를 먼저 쓸 것이다.

여기저기에서 버킷리스트를 접하기는 했지만, 나의 영역이 아니라고만 생각했다. '꿈', '소망', 이런 것은 사치 같다는 생각이 들었다. 올라가지 못할 나무는 쳐다보는 게 아니라고, 송충이는 솔잎만 먹고 살아야 한다는 말을 진리처럼 알고 살았다. 이런 말이 뭔가 거슬리고 불편하다는 생각이 들었지만 별 의심 없이 순응하며 살았다. 그렇지 않으면 교만하고 헛된 욕망에 사로잡힌 이상주의자처럼 느껴지기도 했다. 물론 누구에게 보일 일은 없겠지만, 비웃음거리나 될 것 같았다.

잠깐이나마 버킷리스트라고 끄적여본 적이 있다. 몇 년 전에 남편의 외할머니께서 돌아가셨을 때다. 화장터에서 기다리는 동안 책 한 권이 있길래 집어 들었다. 버킷리스트에 관한 책이었다. 그때 외할머니께서 한 줌의 재로 변하시는 동안, 처음으로 버킷리스트를 써봤다. 사실 그때 썼던 나의 버킷리스트 중 하나는 '책 쓰기'였다. 감히 엄두도 생각도 못 했던 나의 마음을 처음으로 끄집어냈던 것이다. 책을 쓰고 내 책이 서점에 진열되는 꿈을 썼다. 그리고 책에 사인해주는 내 모습과 사람들 앞에서 강연하는 모습을 썼다. 어찌 보면 그때 썼던 그 버킷리스트의 첫 단추를 지금 처음 끼우고 있는 것이다.

그런 생각이 내 안에 넘치고 있었다. 그러나 내가 할 수 있는 영역이 아니라고만 생각했다. 그런 일이 있고 난 뒤, 나는 여기저기 하나씩 점을 찍었다. 혹시라도 언젠가 책을 쓰게 되면 기억하려고 메모도 시작했다. 언젠가 나에게 힌트가 되어줄 것이라는 막연한 생각을 하면서 SNS에도 조금씩 점을 찍었다. 그리고 지금 나는 기억을 더듬어 그 찍어놨던 점들을 선으로 긋기 시작한다. 기록의 위대함을 느끼는 순간이다.

사실 모든 일을 접고 백수 같은 생활을 하면서도 그게 나의 끝이라고 생각한 적은 단 한 번도 없었다. 무엇이 되었든 나는 다시 뭔가를 할 사람이었다. 그게 아니면 나는 살아도 산 게 아닌 사람이라는 것을 알기 때문이다. 어렸을 때 '패기'라는 말을 종종 쓰던 친구가 있었다. 다른 말은 기억이 안 나는데, 그 친구가 '패기'라는 말을 할 때면 나도 모르게 가슴이 뛰곤 했다. 지금 생각하니 그 '패기'라는 말은 '도전'과 '열정'이라는 생각이 든다.

고등학교 1학년 때 강원도로 다시 전학 간 나는 우울함과 의기소침함의 극치였다. 엄마랑 다시 살게 된 것은 다행이었지만, 내 인생 자체가 뒤처지는 기분은 어쩔 수 없었다. 그해 방학 때 서울에서 같이 학교 다니던 친구가 혼자 나를 찾아 강원도까지 왔다. 친구 보겠다고 오기에는 먼 거리였다. 그때만 해도 고속버스를 타고 5시간은 넘게 와야 했던 곳이다. 그 친구가 온 것을 보고 많이 놀랐다. 하얀 블라우스에 치마를 입은 그 친구는 정말 서울에서 학교 다니는 여고생의 모습이었다. 나를 보러 강원도까지 찾아온 그 친구와 나는 시골 둑길을 걸으며 많은 이야기를 나눴다.

그리고 서로의 꿈 이야기도 했었다. 의기소침해진 나에게 그 친구는 많은 용기를 주었다. 둘이 서울에 있는 명문대에서 다시 만나자는 꿈을 꼭 이루자며 종이에 맹세의 글을 쓰기도 했다. 그리고 그 서약을 적은 종이를 병에 넣어 공원 나무 밑에 묻어두었다. 지금 그 친구는 어떻게 살고 있는지 궁금하다. 이제는 이름조차 기억이 안 난다. 나무 밑에 묻어둔 나의 꿈 역시 어디에 나뒹굴고 있는지도 모르겠다. 내가 나에게 무심했던 날들이었다.

　꿈이고 열정이고 그런 것은 있지도 않았다. 그냥 왜 사나 싶기만 했다. 내 의지도 아니었는데 왜 태어나서 이렇게 우울하게 고생만 하고 사나 싶었다. 고생이 특별한 것은 아니다. 안정되지 않은 집 환경이 고생처럼 느껴졌다. 밝게 웃고 다니는 친구들이 부럽기도 했다. 여기저기 떠돌지 않고 안정되어 보이는 친구들이 참 당당해 보였다. 어떨 때는 '좋은 환경에서 잘하는 것은 잘하는 게 아니다. 그것은 당연한 거다. 안 좋은 환경에서도 잘하는 게 진짜 잘하는 것이다'라는 생각으로 나를 위로하기도 했다. 그런 생각을 하다가 책상에서 운 적도 있다. 그런 생각을 한 내가 기특해서. 그런 생각을 할 수 있게 한 가난이 감사해서 울었다.

　그리고 어디 가서 욕먹지 않을 정도로만 하며 겨우 살았다. 아니 그렇게 사느라 너무 힘들었다. 때로는 너무 의미가 없는 것 같아 그냥 죽는 게 낫겠다는 생각도 들었다. 이렇게 내 의지대로 한번 살지 못하고 주어진 일만 죽어라 해내야 하는 내 인생이 정말 싫었다. 너무 생각이 없었던 것 같다. 의지를 불태울 만큼 바닥으로 떨어지는 게 차라리 나을 수도 있었다. 그러면 오히려 더 악에 받쳐 바닥부터 더 치고 올라갔을지도 모르겠다. 아니면 정말 나락으로 떨어질 수도 있었겠지만, 그래도 사서 고생하는 것은 싫었으니 그냥 살았다. 그러면서도 늘 나답지 않은 모습으로 사는 것 같아 만족스럽지 않았다. 그런 나를 남편은 만족할 줄 모르는 욕심쟁이쯤으로 생각하기도 했다. 나다운 모습이 뭐냐고 물으면 할 말이 없었다. 나도 몰랐으니까.

40대에 불안과 우울증으로 병원에 다닌 적이 있었다. 상담하시는 선생님과 아무리 이야기를 해봐도 나는 너무 만족스러운 환경이었다. 특별히 고민도, 걱정도 없었다. 누가 나한테 뭐라 하는 사람도 없었다. 그냥 복에 겨워 만족하지 못하는 사람일 뿐이었다. 지금 생각해보니 정말 내가 하고 싶은 것을 못 찾고 헤매서 그랬다는 생각이 든다. 뭔가 다른 나의 길이 있을 것 같은데, 그것을 몰라서 답답함이 우울과 불안으로 왔던 것 같다.

그런 나에게 50살이 넘어 찾아온 쉼표 같았던 시간이 선물처럼 느껴졌다. 누가 시간을 준다고 되는 것도 아니다. 그 이전에는 누가 일을 그만두고 쉬라 해도 절대 일을 놓지 않았을 것이다. 무엇보다 일이 중요하다고 생각했기 때문이다. 병원에 다니며 약을 먹어도 일을 그만둘 생각은 해본 적이 없었다. 그래서 모두 '때가 있는 것이다'라는 말을 하는 것 같다.

지금은 자신을 드러내는 게 가장 좋은 시대를 살고 있다. 굳이 직장에 매달리지 않아도 할 일이 많은 시대다. 내면에 가지고 있던 것을 드러내는 게 상품이 되는 시대를 살고 있다. 누구나 소비자에서 생산자가 되어 사업을 할 수 있다. 자기만의 독특한 개성이 상품이 되는 시대를 사는 것이다.

예전에는 '욕망'이라는 단어는 참 저급하게 취급했다. 입에 올리기도 참 부끄럽다는 생각이 들 정도였다. 어렸을 때 어느 선생님께서 칠판에 기차를 그렸던 적이 있다. 그리고 그 기차가 내뿜는 연기에 욕망이라고 쓰셨던 게 기억이 난다. 어떤 내용이었는지 잘 기억은 안 나지만, 지금 생각하니 욕망이라는 것을 싣고 달리는 기차였던 것 같다. 기차가 달리는 원동력이 '욕망'이라고 말씀하시고 싶으셨던 것 같다.

사실 우리는 모두 욕망덩어리다. 덩어리라고 하니 좀 이상하긴 하지만, 욕망으로 만들어진 존재라는 의미다. 이것은 그냥 진리다. 우리가 이 세상에 가지고 온 각자의 사명이 있을 것이다. 그것이 무엇이든 간에 욕망덩어리로 태어난 우리가 그것을 외면하는 것은 어쩌면 자기에게 가장 몹쓸 짓을 하는 것이라는 생각이 든다. 왜냐하면, 욕망의 다른 이름은 '꿈'이고 '소망'이기 때문이다. 우리는 쓸데없는 겸손이 스스로를 한계 짓고 속박하는 죄가 되는 시대를 살고 있다.

나는 이렇게 점이 되어 흩어져 있던 나의 꿈들을 하나씩 연결해 선을 긋고 있다. 그다음은 모르겠다. 그냥 행복하고 즐거운 생각과 상상만 하며 살려고 한다. 내가 상상하고 생각하는 것이 어떤 모양의 면을 만들지는 모르겠다.

예전에 지인 한 분이 요즘 사람들은 돈도 없으면서 명품부터 사며 사치를 부린다고 말씀하신 적이 있다. 그때만 해도 '코치'라는 브랜드도 사람들이 알까 말까 한 명품으로 여기던 시절이었다. 명품은 통장 잔액이 늘 2,000만 원은 되는 사람이나 들고 다니는 게 맞는 거라는 말씀도 하셨다. 나는 속으로 '아⋯, 그렇구나!'라고 생각하면서 언제든 통장 잔액이 2,000만 원은 되게 살아야겠다고 생각했다.

그 생각 때문이었는지 그 후로 나의 통장에는 늘 2,000만 원은 있었다. 왜 2,000만 원에 한계를 짓고 그것만 유지하려 했는지 모르겠다. 그때 나는 2억 원을 꿈꾸고, 20억 원을 꿈꾸었어야 했다. 자본주의 시대를 살아가기 위해서 우리는 돈으로부터 자유로워야 진짜 자유롭게 살수 있는 거니까.

나는 욕심보다 욕망을 키우며 산다. 큰 목표만 생각하고 산다. 중간은 모르겠다. 한계 짓고 싶지 않다. 생각과 상상은 자유니까. 어디든 내가 가고 싶은 곳에서 있고 싶은 만큼 머물고, 자연을 느끼며, 책을 읽고 또 쓰고 싶다. 어떤 탁한 것이나 추한 것도 보고 싶지 않다. 아름다운 것만 보며 아름다운 인생으로 살고 싶다. 그에 따른 어느 정도의 고난은 고난이 아니다. 즐겁고 행복한 삶의 과정쯤으로 생각하면 된다.

그러니 인생 후반을 살 준비를 해야 하는 지금, 자신만의 버킷리스트를 다시 쓰자. 솔직해야 진정성이 있고, 진정성이 있어야 이루어진다. 이왕이면 써서 매일 보고 생각하며 소리쳐 외쳐보자. 생각이 곧 나의 미래다!

알고 보면 나는
참 멋진 사람이다

세상에는 멋지게 살고 싶다고 말하는 사람들이 많다. 내 주변에도 그렇게 말하는 사람들이 종종 있다. 멋지게 살고 싶다고 말하는 사람은 멋지게 살게 될 것이다. 대부분의 사람들은 그런 말조차 하지 않는다. 나도 그랬다. 멋지게 살고 싶은 것은 누구나 마찬가지다. 그러나 멋지게 살려면 일단 돈이 많아야 한다는 생각 때문에 말하기 쉽지 않았다. 허황된 꿈이 아니고서야 지금까지 살아온 것을 크게 바꿀 게 아무것도 없기 때문이다. 지금까지 별 탈 없이 사는 것에 만족하며 이만큼이라도 먹고 사니 다행이라는 생각으로 산다. 이 정도에 만족하지 않으면 욕심이 화를 부른다는 말처럼 재앙이라도 닥칠까 봐 두렵기도 하다. 그러나 욕심과 욕망은 다른 것이다. 꿈을 찾는 데 돈이 드는 것은 아니기 때문이다.

몇 년 전, 스페인으로 여행을 갔었다. 스페인을 한 바퀴 돌아야 하니 열흘간의 일정이었다. 아무리 혼자 여행을 다녀도 유럽까지 혼자 가기 싫었던 나는 가족 중에 시간이 될 만한 사람들에게 같이 가자고 제안했다. 다행히 작은 시누이와 초등학생이었던 조카, 그리고 우리 집 둘째 아들처럼 친근한 남편의 친구 영식 씨. 이렇게 넷이 스페인에 가게 되었다. 우리는 떠나기 전에 같이 간 패키지 일행에게 "우리를 어떤 관계로 소개해야 할까?"라는 이야기를 하며 많이 웃었었다. 이 넷의 조합을 사람들이 분명 궁금해할 것 같았다. 가족이라고 넷이 가는데, 모두 성이 다르니 어떻게 둘러대도 남들이 이해할 만한 가족 구성은 아니었다. 굉장히 재미있는 조합이었다.

남들에게는 이해가 안 되는 구성원이겠지만, 우리는 나름 최상의 팀이었다. 스페인과 포르투갈을 거쳐 모로코까지 간 알찬 여행이었다. 근 열흘을 같이 다니다 보니 패키지로 같이 여행 간 다른 일행들의 얼굴 정도는 대충 알게 되었다. 우리가 어떤 사이인지 궁금해하는 다른 일행에게 나는 시누이, 조카, 남편 친구라고 그냥 이야기했다. 시누이는 올케, 딸, 오빠 친구라고 하면서.

그렇게 스페인 여행을 다녀온 뒤 얼마가 지나서 일행 중 누군가로부터 장문의 메시지를 받았다.

"어떤 일을 하는지, 연세가 어떻게 되는지 모르지만 이지 씨는 누구나 다가가고 싶은 사람이라고 느껴질 정도로 매력이 넘치는 사람 같아요. 이지 씨의 멋진 삶을 온 마음으로 응원합니다. 내게 이지 씨는 느낌이 참 좋은 사람이었어요. 우리가 이번 생에 또다시 만날 것이라는 우연이 없으리라 생각해요. 싫어서도 아니고 피하는 것도 아니고 그저 스쳐 지나가는 작지만 소중한 인연이라고 생각되어서요. 그런데 짧은 시간이었지만 특별한 느낌이었어요. 어쩌면 저 여자라면 적당히 조촐히 멋지게 살다 갈 수도 있겠다고 생각했어요. 한 가지 기억해주길 희망해봐요. 이지 씨가 알고 있고 느끼고 있는 것보다 많이 노력하지 않아도 특별한 멋짐을 가지고 있고, 그래서 세상 사는 동안 많이 누릴 자격이 있다는 생각이 들었어요."

마지막에 세상 살면서 몽글몽글하게 많은 감동을 하며 살길 바란다는 말씀도 해주셨다. 내가 살면서 들은 최고의 말이었다. 그것도 잘 모르는 분에게 들은 말이기에 더욱 특별했다. 혹시라도 다시 뵐 수 있을까 기대를 해보기도 한다.

생각해보니 그분은 남편, 딸과 함께 셋이 여행 오신 분이셨다. 커리어우먼 같은 느낌이었는데 일을 많이 하셨는지 좀 지쳐 보이시기도 하셨다. 약간 시크해 보이셨는데, 나이는 나와 비슷하거나 조금 위인 듯했다. 오가며 인사 정도만 하고 따로 말을 해본 적은 없었다. 가족끼리 다른 여행 일정이 있으시다며 여행 중간에 빠져 바르셀로나로 가셨다. 그런 분께 장문의 메시지를 받은 것이다. 물론 이후에도 서로 따로 연락하거나 하지는 않았다. 지금 생각하면 우주에서 나에게 보낸 메시지처럼 신기할 따름이다. 그분으로부터 받은 '조촐하게 멋지게, 세상을 누릴 자격!'이라는 말이 계속 머릿속에 맴돌았다.

멋지게 산다는 것이란 뭘까? 사람들은 "어떻게 살아야 멋지게 살았다고 소문이 날까?"라는 말을 종종 한다. 그런데 화려함으로 치장하든, 맛있는 밥을 자주 사든, 멋진 일을 하며 찬탄을 받든, 혼자 멋진 사람은 없는 듯하다. 함께 사는 사회여서 멋지게 살고 싶다는 욕망을 갖게 되는 것 같다.

나는 내가 운이 좋은 사람이라고 생각한다. 물론 실제로 그렇기도 하지만 그렇게 말해야 정말 운이 좋아질 거라는 생각을 해서이기도 하다. 그런데 생각해보면 정말 나는 운이 따르는 사람이다. 어렸을 때부터 조금만 공부해도 생각보다 성적이 잘 나왔다. 뛰어나게 잘한 것은 아니지만 적은 노력으로도 성적이 잘 나온다는 것은 알고 있었다. 성적보다 돌아오는 칭찬이 크다는 것도 느꼈다. 노력보다 늘 결과가 좋았다. 그래서 칭찬받을 때면 속으로 많이 찔리기도 했다.

지금도 마찬가지다. 내가 가진 30%의 인풋이 100%의 아웃풋으로 만들어내는 것 같다. 그렇다고 나 스스로 포장을 잘하거나 드러내는 것을 잘하는 사람은 아니다. 그런 사소한 경험들이 운이 좋다는 생각을 하게 했다. 그래서 그냥 나는 행운은 언제나 내 편이라는 생각을 갖고 산다. 이런 생각을 하는 것 보니 역시 나는 운이 좋은 사람이 맞다.

사람은 이름 따라 산다고 한다. 그 말이 맞는 것 같다. 이름이 순하면 사람도 순하다. 이름이 세 보이면 사람 역시 센 경우가 많다. 우리 이름은 대부분 그렇게 살길 바라시면서 부모님이나 다른 사람이 지어준 것이다. 내 이름도 아버지가 지어주신 거라 하셨다. 어느 날, 나는 이름을 바꾸고 싶다는 생각이 들었다. 기존의 이름이 싫었던 것은 아닌데 발음하기가 부드럽지는 않았다. 그 이름으로 남들에게 나를 소개하며 살기가 힘들다는 생각이 들었다.

어느 날, 엄마가 '벼락 맞은 대추나무로 새긴 도장이 좋다' 하시며 20만 원을 들여 도장을 만드셨다고 했다. 그때 나는 엄마에게 이참에 이름을 바꾸고 싶다고 말씀드렸다. 뭐라 하실 줄 알았던 엄마는 오히려 이름을 바꾸는 게 더 좋다 하셨다. 이름을 바꾸라고 하고 싶었으나 내가 싫어할까 봐 이야기를 안 하신 거라 하셨다. 그래서 엄마가 작명가에게 받아온 이름 중에서 받침이 하나도 없는 이름을 골랐다. 이름도 쉬웠다. 사람들이 'easy'라고 웃었지만, 그것도 나쁘지는 않았다. 인생 좀 편하게 살려나 싶었다. 그렇게 아버지께서 지어주신 이름을 아버지가 돌아가시고 나서 나의 의지로 바꾸었다.

닉네임도 잘 지어야 한다고 한다. 내 블로그 닉네임은 '성공한 인생언니'다. 중년의 나이에도 무엇이든 할 수 있다는 것을 보여주고 싶었다. 인생 후배들에게 살면 살수록 살 만해지니 희망을 가지라고 말해주고 싶었다. 그래서 '성공한 인생언니'라고 지었다. 내가 활동하는 카페에서는 '책 쓴 부자'다. 책도 쓰고 부자가 되어 경제적 자유인이 되고 싶었다. 내가 원하는 것을 조합해서 '책 쓴 부자'로 지었다. '책 쓴 부자'로 살면서 나 또한 선한 영향력을 나누는 사람이 되고 싶다. 그래서 욕심보다 욕망이 큰 사람이 되고 싶다.

파블로 피카소(Pablo Picasso)는 "예술의 목적은 우리 영혼에 묻은 일상의 먼지를 씻어내는 것이다"라고 말했다고 한다. 내 몸에 묻은 먼지보다 신경 써야 하는 것은 오히려 영혼에 쌓인 먼지다. 영혼에 먼지가 쌓인 멋진 사람은 없을 것이다.

오랜만에 만난 후배가 있다. 어렸을 때는 가까운 사이가 아니어서 그저 열심히 공부 잘하는 동생 정도로만 알았다. 얼마 전에 다시 만난 후배는 멋진 중년이 되어가고 있었다. 아이도 잘 키웠고, 주변도 잘 챙기며 살고 있었다. 그 후배는 가족 생일 때마다 가족들끼리 식사하는 대신 독거노인이나 어려운 어르신들께 식사 대접을 한다고 했다. 보여주기 위한 봉사가 아니라 참봉사를 하고 있었다. 헤어지면서 언제 어르신들 무료 급식소에 봉사 한번 오라고 했다. 나보다 어리지만 참 어른다운 어른으로 살고 있다는 생각이 들었다. 그런 그 후배가 내 눈에는 참 멋지게 보였다.

누구든 영혼의 먼지를 털어내기 위한 자기만의 방법이 있어야 한다. 그것이 봉사든, 운동이든, 독서든, 아니면 여행이나, 명상도 좋다. 영혼에 먼지가 쌓이지 않도록 자신의 언행 또한 잘 살펴야 한다. 내가 하는 말이 참말인지, 필요한 말인지, 친절한 말인지.

변하는 게 세상이고 알 수 없는 게 인생이다. 언제든 약해질 수 있는 게 사람이다. 언제든 강해질 수 있는 것 또한 사람이다. 아무리 확신과 신념으로 무장하고 산다 해도 사람은 약한 존재다. 어쩔 수 없다. 그렇기에 자신의 인생에서 방향키는 자신이 잡고 살아야 한다. 어떤 상황에서도 나는 나를 믿고 책임진다는 생각으로 중심을 잡고 살아야 한다. 그래야 당당한 나로 살 수 있다.

아무리 주변에서 멋지다고 이야기해도 나 자신이 스스로 멋지게 느껴지지 않으면 스쳐가는 이야기일 뿐이다. 어떤 상황에서도 내가 행복할 방법은 다른 곳이 아니라 내 안에서 찾아야 한다. 모든 답은 내 안에 있기 때문이다. 내 안에 있는 답을 누구도 아닌 내가 찾을 때, 가장 나다운 모습으로 멋지게 살 수 있다고 믿는다. 언제든 나는 내가 인정하는 멋진 사람이 되고 싶다.

50대, 이제
**나답게
산다**

제1판 1쇄 2023년 6월 9일
제1판 2쇄 2024년 3월 15일

지은이 장이지
펴낸이 허연　　　　　　　**펴낸곳** 매경출판㈜
기획제작 ㈜두드림미디어
책임편집 최윤경, 배성분　　　**디자인** 김진나(nah1052@naver.com)
마케팅 김성현, 한동우, 구민지

매경출판㈜
등록 2003년 4월 24일(No. 2-3759)
주소 (04557) 서울시 중구 충무로 2(필동 1가) 매일경제 별관 2층 매경출판㈜
홈페이지 www.mkbook.co.kr
전화 02)333-3577
이메일 dodreamedia@naver.com(원고 투고 및 출판 관련 문의)
인쇄·제본 ㈜M-print 031)8071-0961

ISBN 979-11-6484-570-5 (03810)